雨ふる本屋と雨かんむりの花

日向理恵子　作
吉田尚令　絵

雨ふる本屋と雨かんむりの花

〈雨ふる本屋〉の製本室《せいほんしつ》に
流れつくのは　本の種
〈おしまい〉の文字をもらえずに
わすれさられた　物語たち

製本室《せいほんしつ》で　完成を
間近に待つのは　王国の書
偉大《いだい》な本の誕生《たんじょう》を
心待ちする　そのときに——

ペン持つ者を　追《お》いもとめ

すきまの世界へ　迷《まよ》いこむ
いともふしぎな影《かげ》があり
曲芸《きょくげい》、魔術《まじゅつ》、綱渡《つなわた》り
見世物の数々　たずさえて
おひろめの舞台《ぶたい》をさがします

ペンの先での宙《ちゅう》がえり、
あやうい紙上の空中ブランコ
どこへ行くかは　わからなくとも
冒険《ぼうけん》の呪文《じゅもん》をとなえましょう
「雨あめ　降《ふ》れふれ　〈雨ふる本屋〉」

登場人物

ルウ子
人間の女の子
お話を書くのが好き。

ホシ丸くん
幸福の青い鳥。
男の子に変身する。

サラ
ルウ子の妹。

舞々子《まいまいこ》さん
フルホン氏の助手。
妖精《ようせい》使《つか》い。

ブンリルー
もと自在師《じざいし》の女の子。
物語を読むのが好き。

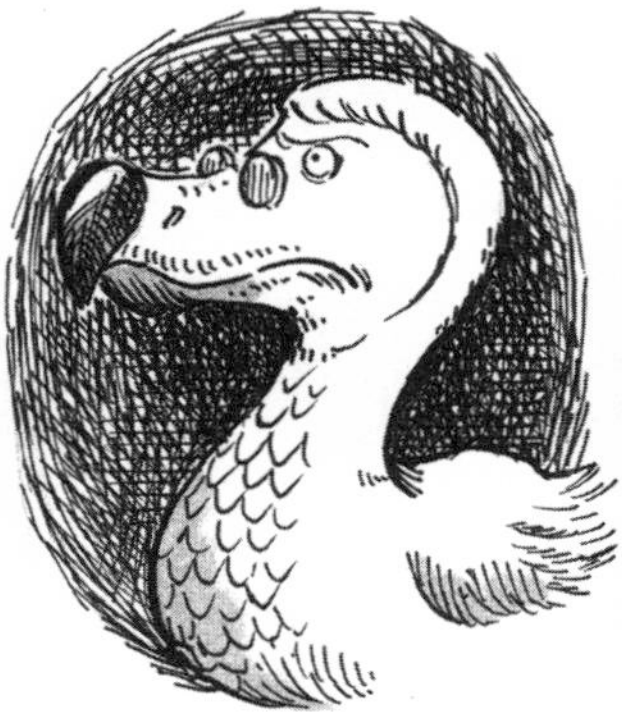

フルホン氏

かつて絶滅《ぜつめつ》したドードー鳥。
〈雨ふる本屋〉店主。

シオリ
セビョーシ

舞々子《まいまいこ》さんの妖精《ようせい》。

七宝屋《しっぽうや》

ふしぎなものを
商《あきな》うカエル。

ヒラメキ

作家の幽霊《ゆうれい》。

電々丸《でんでんまる》

雨童《あまわっぱ》。
舞々子《まいまいこ》さんの親せき。

ウキシマ氏

「王国」の夢見主《ゆめみぬし》。

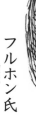

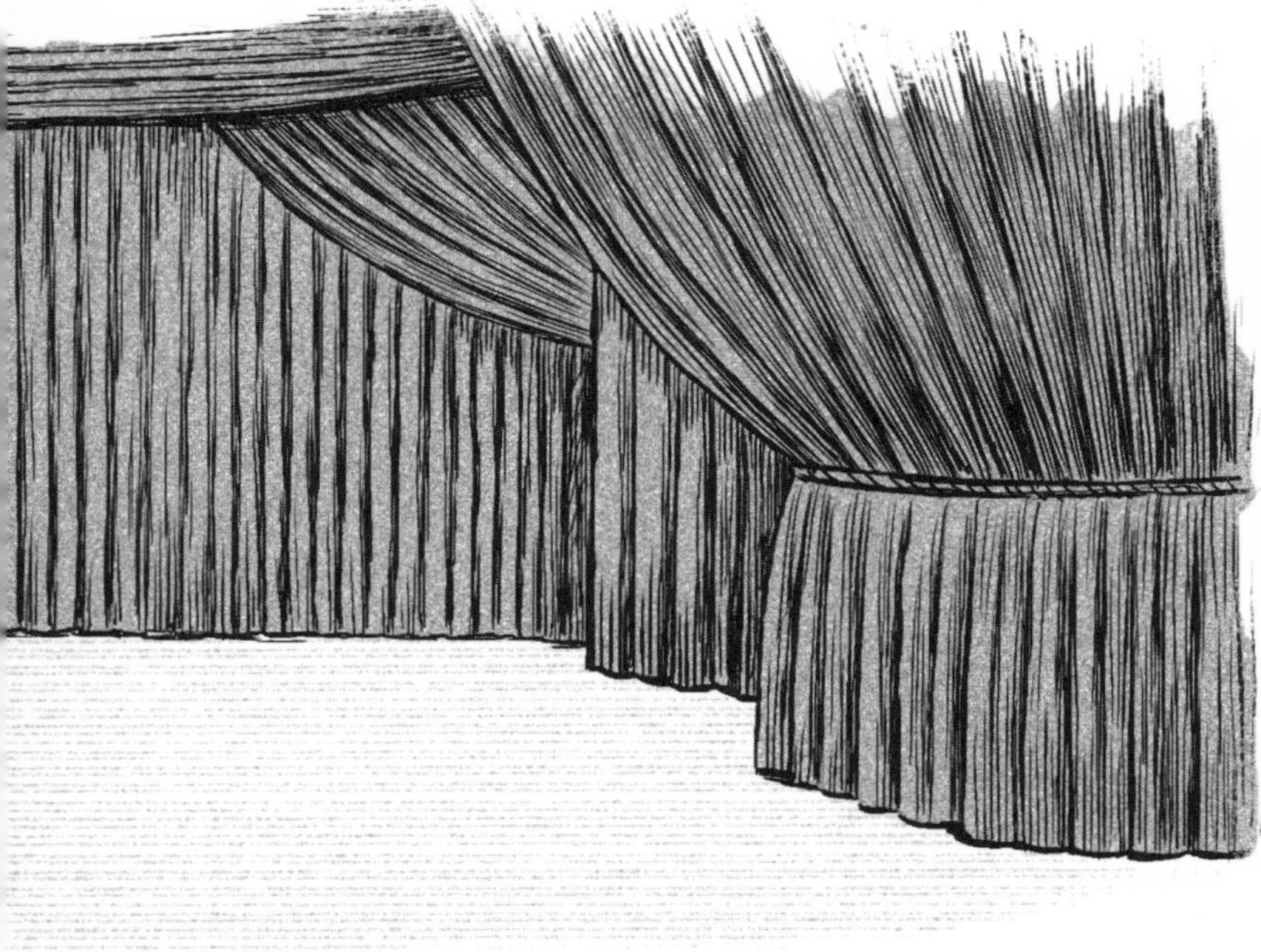

もくじ

一　図書館のいつもの通路　8
二　王国の〈雨ふる本〉　22
三　気むずかしいお菓子《かし》のレシピ　31
四　お茶へのさそい　44
五　ぶきみな影《かげ》　57
六　ほっぽり森の本の虫　64
七　幕《まく》開《あ》け　74
八　バルーニウムにいたもの　82
九　ちぐはぐな語らい　95
十　出発　107
十一　海底のお店　117
十二　百弦《ひゃくげん》の谷　130

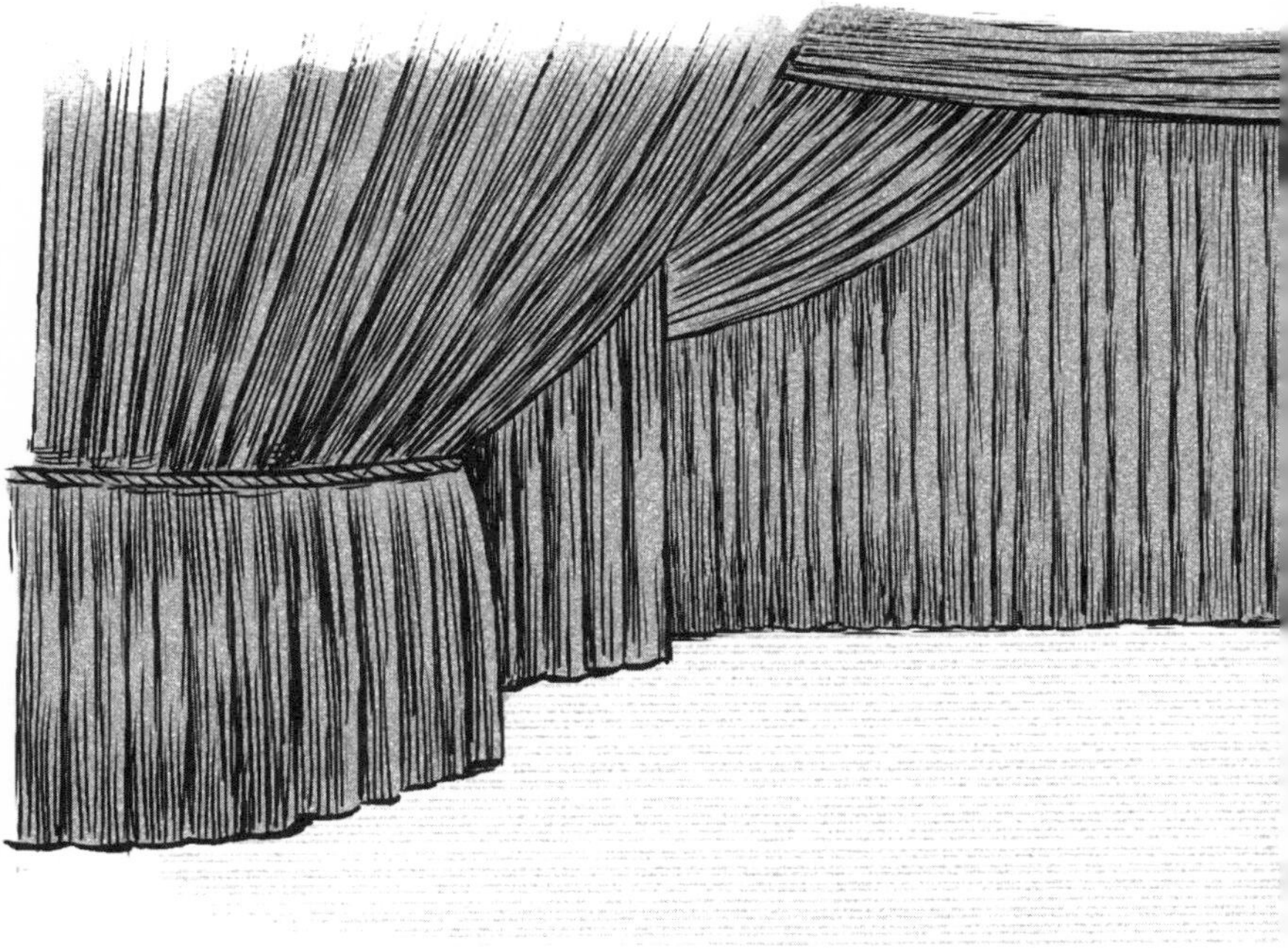

十三　谷底を行く　150
十四　アンモナイトの夜　160
十五　アンモナイトの夜の夜　177
十六　ガラスの茶室　192
十七　物語をなおすには　210
十八　川を駆《か》けるものたち　224
十九　ルウ子、変身する　241
二十　魚のゆくえ　250
二十一　墨士館《ぼくしかん》のたすけ　263
二十二　墨《すみ》と紙　275
二十三　とほうもないお茶会　292
二十四　本棚《ほんだな》へのおみやげ　319
二十五　めでたきうえにも、めでたし　335

一　図書館のいつもの通路

『……さて、これから、深い海の底へ行かなくては。

海底の砂《すな》の上に、クラゲたちがあつまって、お城をつくっているんだという。透《とう》明《めい》なガラスのお城で、中には人魚の王さまたちがすむことになる。

川のおわりでひろった氷みたいなガラスのかけらは、そのお城の、とんがり屋根のかわらのひとつなんだって。』

外の雨音が、図書館の中にもしみとおって、空気は本といっしょに息をするのに、もってこいの重みに落ちついていました。

窓《まど》の外で降《ふ》っているのは、やわらかい小雨《こさめ》です。雨雲のむこうから、太陽がほのかに透《す》けて、窓《まど》ガラスにくっついた雨つぶをきらきらと光の先っぽでくすぐっています。

学習用の机《つくえ》に、ひとりの女の子が背中《せなか》をかがめてかじりついていました。髪《かみ》をふたつにくくった、まだまだ大人になりかかっていない女の子ですが、大人にだって読みきれないほどつみあげた本のあいだへ、うもれるように背中《せなか》をまるめています。

机《つくえ》にノートをひろげて、女の子は一心《いっしん》にえんぴつを走らせています。すっかり夢《む》中《ちゅう》に見えますが、えんぴつのおしりがやたらにふらふらしているために、見る人が見れば、苦心しいしい書いているのがわかるでしょう。

手もとのノートには、こんな文字がつらなってゆくのです。

『だけど、こまったことがある。

ぼくは、水の中では息ができないんだ。川オオカミたちも、海の塩水の中へ入ることはできないみたいだ。

どうしたらいいだろうと思っていると、ひらべったい波がよせる砂《すな》に、ほとんどうもれたビンがあって、そこから声が聞こえてきた。

〝……波の下に、用のある者は、アンモナイトの夜までここで待ちなさい……〟

だれかいる！　びっくりして、砂《すな》にうもれたビンをほりおこしてみると、うす青いガラスビンの中には、ネジ巻《ま》き式の、金色のオルゴールが入っていて、その音色が人の声になっているのだった。

「アンモナイトの夜って？　それは、いつのこと？」

ビンにむかってたずねたけれど、オルゴールのネジはとぎれて、もうなにも聞こえなかった。ビンの口は小さすぎて、オルゴールをとりだすことも、手を入れてもう一回ネジを巻《ま》くこともできない。ビンをわってみようか、とも思ったけれど、そうしたらオルゴールもこわれて、二度と鳴らなくなってしまうんじゃないかな。

ぼくは、とほうにくれてしまった。……』

ルウ子は、ふうっと大きく息をついて、びっしりと文字を書きこんだノートから顔をあげました。えんぴつで黒々と書いたノートは、文字と文字がすしづめになって、いかにもきゅうくつそうです。

ずっとかがめていた背中《せなか》をのばして、ルウ子はふと、きょろきょろとあたりを見まわしました。だれかが、こちらを見ているような気がしたのですが……学習机《がくしゅうづくえ》の前の、新聞を読めるソファの置かれたスペースをはさんで、ルウ子の正面にはずらりと本のならんだ本棚《ほんだな》があるだけです。

気のせいです。必死《ひっし》になって書きすぎて、

頭がこんぐらかっているのかもしれません。ノートの中では、やっぱり文字たちが、無理やりおしこめられて逃《に》げだしたがっているように見えて、ルウ子は口をへの字にまげました。

「お姉《ねえ》ちゃん、おわった？」

おでこでくくった前髪《まえがみ》を威勢《いせい》よくゆらして、駆《か》けよってきたのは、妹のサラです。お気に入りの、パンダの顔が縫《ぬ》いつけられた手さげ袋《ぶくろ》が重たそうにふくらんで、あたらしく借りる本をもう選びおわったのがわかります。

「そんなに、かんたんに言わないでよ。なにしろ、まだまだ知らないことがいっぱいあって、たくさん調べながらくみたてなきゃいけないのよ。それって、とってもむずかしいんだから……」

ヒソヒソ声で言いながら、ルウ子はサッとノートを閉《と》じ、えんぴつを筆箱にしまいました。ルウ子がとりくんでいるのは、とても大きな物語なのです。机《つくえ》につみあげた本から書きうつしたメモのたばをトントンととのえ、クリップではさむと、本を棚《たな》にもどしてゆきました。サラも、手わけして手伝ってくれます。重い本を本棚《ほんだな》へかえしながら、ルウ子は、ピリリとしたしびれを指先に感じました。書いたものがこうして本棚《ほんだな》にならぶまでには、いったいどれほどの時間がかかるのでしょうか——かばんの中にあるルウ子の物語のノートは、ここにある本に印刷されたひとつの活字《かつじ》よりも、まだうんとちっぽけなものにちがいありません。

「サラ、もどしおわった？　——それじゃ、行きましょう」

ルウ子が立ちあがると、サラがうれしそうにぴょんとはね、パンダの手さげ袋《ぶくろ》がゆれました。

ルウ子とサラは、それぞれのかばんを持って、本棚《ほんだな》のあいだの通路をすばやく移《い》動《どう》し、図書館のおく、あまり人のいないところを選んで進みます。

『政治《せいじ》・経済《けいざい》』と札《ふだ》のかかった、無人の棚《たな》のあいだへ入りこむと、おでこをつきあわせて床《ゆか》にしゃがみこみました。サラが、ポケットからもも色の巻《ま》き貝《がい》でできたカタツムリをとりだします。それは、貝殻《かいがら》と針金《はりがね》でできたカタツムリの人形ですが、図書館でルウ子たちがひみつの呪文《じゅもん》をとなえると、たちまち生きて動きだすのです。

その呪文《じゅもん》は、こんなふうです。

「雨あめ、降《ふ》れふれ、〈雨ふる本屋〉!」

ピクピク、銀色の針金《はりがね》でできたカタツムリ人形の触覚《しょっかく》が、ふるえて立ちあがりました。と、細い二本のアンテナは、前方をさししめし、ピンクの巻《ま》き貝《がい》からするりとあらわれたやわらかな足が、スケートするように床《ゆか》の上を走りだしました。

ルウ子とサラは追《お》いかけます。それぞれの荷物《にもつ》を持って、一心《いっしん》にカタツムリの背《せ》中《なか》を見つめて……市立図書館の中に、ふしぎなしくみで迷路《めいろ》が生まれ、巨大《きょだい》な本がすきまなくつまった高い高い本棚《ほんだな》のあいだの入り組んだ通路を、ふたりは走りに走りました。

こうすると、目的地へたどり着けるのはわかっているので、カタツムリを追《お》って走る足どりも、ちっともあわててはいません。ただ、カタツムリのうしろからはなれないよう、導《みちび》かれるほうへ進めばいいのです。

右へ折れ、左にまわりこみ、十本道の交差点をやりすごして、本棚《ほんだな》の迷路《めいろ》は、とうとう長い一本道になりました。

カタツムリがすべってゆくそのむこう。行く手に、小さな木の扉《とびら》があらわれます。その扉《とびら》に彫《ほ》られたくねくね文字は、こんなふうです。

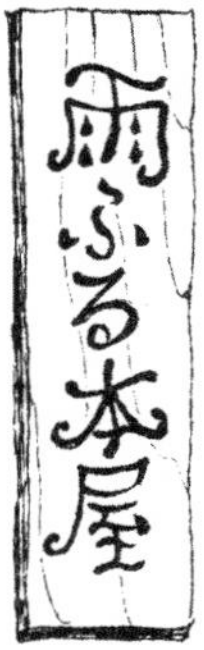

ルウ子とサラは、扉《とびら》を開けて、中へ入りました。

雨のにおいと草のにおい、そして、本のにおいがふたりをむかえます。しとしとと、やさしい雨が天井から降《ふ》る――ここが、〈雨ふる本屋〉です。

床《ゆか》に生《は》えたあざやかな緑の草。まがった木でできた本棚《ほんだな》が気まぐれに立ち、棚《たな》には本ばかりでなく、人形やビンづめキャンディ、鉱石《こうせき》や木彫《きぼ》りのおもちゃ、ペン立

てやミニチュアの金魚鉢《きんぎょばち》がならんでいます。天井からつるされた、星の模型《もけい》に月球儀《げっきゅうぎ》、ほんとうに動く高層雲《こうそううん》のレプリカや、ラベンダー色のクジラ。

「舞々子《まいまいこ》さん、こんにちは！」

目的地へ着いて人形にもどったカタツムリを拾いあげながら、サラが声を張《は》りあげました。妖精使《ようせいつか》いで、〈雨ふる本屋〉の助手《じょしゅ》の舞々子《まいまいこ》さんは、ルウ子たちがやってくると、いつでもまっ先にむかえてくれます。

ところが――

ふわふわと、羊皮紙《ようひし》のマントで飛んできたのは、舞々子《まいまいこ》さんのふたりの妖精《ようせい》、シオリとセビョーシでした。タマゴ型《がた》をしたうりふたつの顔、道化師《どうけし》のような衣裳《いしょう》。青い服がシオリで、むらさきの服がセビョーシです。

妖精《ようせい》たちはどこかこまった顔をしながら、ルウ子たちに、三つまたにわかれた帽子《ぼうし》のふさをゆらしておじぎしました。

「どうしたの？　舞々子《まいまいこ》さんは？」

ルウ子が妖精《ようせい》たちに顔をよせると、ふたりはますますこまったようすでまゆをさげ、サファイヤ色の目をしばたたいて、お店のおくを指さしました。

〈雨ふる本屋〉の中心には、りっぱなももの木が生《は》えています。りゅうとした幹《みき》から枝《えだ》をのべて、象牙色《ぞうげいろ》の天井までとどくほどのたっぷりとした緑の葉に、雨をうけています。ルウ子とサラは、それぞれかばんの中に入れておいたレインコートをはおると、妖精《ようせい》たちにさそわれて、そのももの木の根もとへ行きました。

木の幹《みき》にもたれて、舞々子《まいまいこ》さんはそこにいたのですが、ルウ子たちのほうをふりむきもしないで、手に持った小ぶりな本とにらめっこをしているのでした。苔色《こけいろ》の丈《たけ》の長いドレスを着て、じっと動かないでいる舞々子《まいまいこ》さんは、まるで美術館《びじゅつかん》の彫刻《ちょうこく》か、大きな油絵みたいです。濃《こ》い茶色の巻《ま》き毛《げ》をとりまいて浮《う》く真珠《しんじゅ》つぶだけが、頭のまわりをひっきりなしに動いていました。

「舞々子《まいまいこ》さん?」

ルウ子たちがうしろから声をかけると、はっとおどろいたようすでドレスの肩《かた》をゆらして、舞々子《まいまいこ》さんが本から顔をあげてふりむきました。大きな目の中で、たそがれの藍色《あいいろ》と金色が、くらんとゆれます。

「あら！　いらっしゃいませ、ルウ子ちゃん、サラちゃん。……ごめんなさいね、わたくしったら」

ルウ子たちの来たことにも気づかないで、一心《いっしん》に読んでいた本を、舞々子《まいまいこ》さんはてのひらにかくすように閉《と》じました。

はずかしそうな、もうしわけのなさそうな舞々子《まいまいこ》さんの表情《ひょうじょう》にもおかまいなく、サラが本の表紙をのぞきこもうとします。

「それ、なんのご本？」

たずねる声には、わくわくしているひびきがこもっていました。いつも、お客やお店のことに気をくばる舞々子《まいまいこ》さんが、夢中《むちゅう》で読みふけるのですから、とんでもなくおもしろい本であることには、ちがいありません。

「ああ、だめね、ルウ子ちゃんとサラちゃんが来てくれたのに、ごあいさつもしないで」

舞々子《まいまいこ》さんはまだはずかしそうに、口もとに手をあて、ルウ子たちのほうへちゃんとむきなおり、本をドレスのたもとにかくしてしまいました。

「やあやあ、きみたちかね。よく来てくれた」

そう声をかけたのは、お店のおくにあるカウンター机《づくえ》にかけた、黄色いメガネのドードー鳥……〈雨ふる本屋〉の店主、フルホン氏でした。

「舞々子《まいまいこ》くん、そうかしこまらずとも、この子たちとは気心《きごころ》知れたるあいだがらではないか。本を読みふけって周囲《しゅうい》の変化に気がつかないということは、ままあることだよ。ウム、そうとも、その昔われわれは、新参《しんざん》の捕食《ほしょく》動物にも、入植者《にゅうしょくしゃ》のしかけた稚拙《ちせつ》な罠《わな》にも気づかぬほど、とりつかれたように読みに読んだものだ」

フルホン氏は、大きなくちばしの上にのせた満月メガネを、短い羽でくいと持ちあげると、眉間《みけん》に深くしわを刻《きざ》んでため息をもらしました。

「それって、ドードー鳥が絶滅《ぜつめつ》した理由なの？」

ルウ子が聞くと、「ウォッホン！」大きなせきばらいをして、フルホン氏は草の床《ゆか》の上で、のっしと太い足をふみ鳴らしました。

「さて。ともかくも、まずは製本室《せいほんしつ》へ行こう。舞々子《まいまいこ》くんは、そのあいだにお茶のしたくをしていてくれたまえ。――かの〈雨ふる本〉がどうなっているか、きみたちにも見てもらわねば」

そう言ってフルホン氏は、カウンター机《づくえ》のうしろにある、入り口よりも大きな扉《とびら》を開けました。舞々子《まいまいこ》さんのそばに浮《う》かんでいたシオリとセビョーシが、ひらりと羊皮紙《ようひし》のマントをひらめかせて、フルホン氏のそばへ移動《いどう》します。妖精《ようせい》たちがはなれるや、舞々子《まいまいこ》さんはサッと、またあの小さな本を開き、ページに視線《しせん》を落としました。

ルウ子とサラは、お店にのこる舞々子《まいまいこ》さんをふりかえりながらも、とにかくフルホン氏につづいて、お店のさらにおくへむかったのです。

二　王国の〈雨ふる本〉

（舞々子《まいまいこ》さん、なんの本を読んでるんだろう。あんなに本に夢中《むちゅう》になるなんて、まるでブンリルーだわ）

フルホン氏の尾羽《おばね》のあとについて、苔《こけ》におおわれた通路を行きながら、ルウ子はくちびるをまげました。ブンリルーというのは、〈雨ふる本屋〉のあるすきまの世界にすむ、ルウ子たちの友達です。

（それに……）

そう、それに、あんなに夢中《むちゅう》になるほどおもしろい本なら、ルウ子やサラにどんな本かを教えてくれてもいいのに、タイトルも言わないでかくしてしまうなんて。

トンネルになった通路にはホタルが飛びかい、サラはルウ子のうしろから、シオリとセビョーシを肩《かた》に座《すわ》らせてついてきています。

通路の先には、うんと広くて、明るい空間がありました。床《ゆか》がすっかり池になり、澄《す》んだ水のほとりを、ガラスの通路がとりかこんでいます。池の上には、セロファン紙をかさねてつくったようなスイレンの花がいくつも浮《う》かび、おくゆかしいひみつをはらんだ花びらに、天井からの雨をうけとめています。

その中心に、ひときわ大きな一輪《りん》の花があり、花びらの上には、一冊《さつ》の重厚《じゅうこう》な本がのっていました。

「ゴホン！　シオリ、セビョーシ、とってきてくれたまえ」

フルホン氏が、妖精《ようせい》たちに命《めい》じます。ほんとうは、ふたりとも舞々子《まいまいこ》さんの妖精《ようせい》なのですから、フルホン氏の声は、どうしたってぎこちなくなってしまうのでした。

それでも妖精《ようせい》たちはかるがると水の上を飛んで、革《かわ》表紙のぶ厚《あつ》い本をはこんできました。

フルホン氏は本をうけとり、こちらにページが見えるよう、開いてみせます。

「わあ、もうこんなに？」

ルウ子はおどろきの声をあげました。

ページの上には、たくさんの文字がおどっています。色つきの飾《かざ》り文字もありました。めくってみると、挿絵《さしえ》の入っているページもあって、サラが歓声《かんせい》をあげました。

「すごーい、この絵も、ヒラメキ幽霊《ゆうれい》さんが描《か》いたの？」

サラが、さかまく波の上に建つ塔《とう》と、その上から顔を乗りだすバイオリン弾《ひ》き、クルミの殻《から》でできた船で塔《とう》へむかうこびとの一団《いちだん》の絵を指さします。五色のインクで刷《す》られた、いまにも動きだしそうにみごとな挿絵《さしえ》です。

フルホン氏は、すこしとくいげにくちばしをゆすりました。

「これは、幽霊《ゆうれい》くんの手によるものではない。文字も、挿絵《さしえ》も、雨によってつづられてゆくのだ。その点だけは、ほかの〈雨ふる本〉とかわらない。ただ、原稿《げんこう》は幽《ゆう》霊《れい》くんが書いており、それを通して雨をしみこませてゆく。幽霊《ゆうれい》くんの原稿《げんこう》が、雨水をより王国の物語にふさわしいものだけに、ろ過《か》するわけだ」

幽霊《ゆうれい》というのは、〈雨ふる本屋〉にすみこんでいる作家です。なにも書かれないまま生まれたこの本を完成させるため、いまは執筆室《しっぴつしつ》にこもっているはずです。〈雨ふる本〉は、〈雨ふる本屋〉でつくられ、お店にならぶ本のことです。人が〈おしまい〉をあたえずに、とちゅうでわすれてしまった物語の種を、雨で育てて、本にしているのです。

いまフルホン氏が持っている、ひときわりっぱな本も、そうやって生まれたのですが、おどろいたことに、はじめはひとつだって文字が書かれていなかったのでした。この本の物語の種――『王国』と呼《よ》ばれるとりわけ大きな想像《そうぞう》の主《ぬし》とルウ子たちは出会い、この本を完成させるとやくそくしたのです。王国の主《ぬし》の名前はウキシマ氏といって、ルウ子たちと同じ、すきまの世界の外で暮《く》らす人物です。

「幽霊《ゆうれい》くんの原稿《げんこう》を、ページのあいだにはさんで、製本室《せいほんしつ》の花の上にのせておく。すると、雨をうけて、このとおり本ができあがってゆくという寸法《すんぽう》だよ」

ふうん、とサラはうなずきましたが、わかっているのかどうかはあやしいと、ルウ子は思いました。ルウ子にだって、説明されたことが、一から十まで理解《りかい》できたとはいえないのですから。

「でも、まだまだ白紙のページのほうが多いのね。完成までに、どれくらいかかるかしら?」

ルウ子は本のページをめくってみながら、首をかしげました。フン、とフルホン氏が、重々しく鼻を鳴らします。

「一冊《さつ》の書物というのは、そうそうたやすくできあがるものではないのだ。本に書かれたことよりも多くの言葉や絵が生まれ、たくさんの学説やすじがきがくらべられ……必要でない部分はそぎ落とし、選ばれた中身のみが、本となって完成する。そうやって磨《みが》きこまれた作品であるからして、本というのは、たいへん長く生きるのだ。不純物《ふじゅんぶつ》をとりのぞき、職人《しょくにん》が研磨《けんま》した宝石細工《ほうせきざいく》のようなものだ」

ルウ子の手はしぜんと、レインコートの下にかくしたかばんをおさえていました。ルウ子のかばんの中には、さっき図書館で書いたノートが入っています。そこに書いたのは、ルウ子の考えた王国の物語……書いてはみたものの、ほんとうにありっぱな本にふさわしいかどうかわからず、まだフルホン氏にも幽霊《ゆうれい》にも見せていません。

かわりにルウ子は、せっせとメモをとどける役目をしていました。いま幽霊《ゆうれい》が原《げん》稿《こう》を書いている王国の物語の、手だすけになりそうなことたちのメモです。物語の栄養《えいよう》になると見こんだ言葉や絵、図鑑《ずかん》の記述《きじゅつ》を、図書館で書きうつしては幽霊《ゆうれい》にわたしにくるのです。なにしろ、王国の主《ぬし》であるウキシマ氏はふつうの世界の住人で、すきまの世界から出ることのできない幽霊《ゆうれい》には、知りようのないこともたくさんあるのですから。

「ウキシマ氏も、もっとひんぱんに、わが〈雨ふる本屋〉をおとずれてくれればいいのだが。どうにも楽器店のほうがいそがしいのか、なかなか来てくれないのだよ――とはいえ、いまは舞々子《まいまいこ》くんがあのような状態《じょうたい》で、来てもらったところで、ちゃんとしたお茶も出せないのだが」

フルホン氏がなやましげに眉間《みけん》にしわをよせ、シオリとセビョーシが、重く厚《あつ》い本をふたりがかりで、また湖の中心の花の上へもどしました。

「舞々子《まいまいこ》さんは、ご本を読んでるだけでしょう？」

サラがびっくりした顔で、フルホン氏を見あげました。しかしフルホン氏は、思わせぶりにかぶりをふります。

「いや、たしかにそうなのだが。舞々子《まいまいこ》くんが読んでいる、あの本――あれにのっている、お菓子《かし》のレシピが問題なのだ」

「あれ、お菓子《かし》づくりの本なの？」

ルウ子は思わず、とんきょうな声をあげました。フルホン氏の表情《ひょうじょう》が、ますます重たげにかげります。

「そう……ブンリルーくんがほっぽり森で読むための本を見つくろっているときに、たまたま舞々子《まいまいこ》くんが本棚《ほんだな》から手にとってね」

「だけど、舞々子《まいまいこ》さんなら、どんなお菓子《かし》だってつくれるでしょう？」

舞々子《まいまいこ》さんは、苔《こけ》とクモの巣《す》でできたドレスのたもとから魔法《まほう》のテーブルクロスをするりと出して、たちどころに世界でいっとうすばらしいお茶とお菓子《かし》をテーブルいっぱいにならべるのです――いつだって、舞々子《まいまいこ》さんのお茶とお菓子《かし》ほど、ルウ子たちを心おどらせるものはありませんでした。

フルホン氏の眉間《みけん》のしわが、いよいよ深くなります。

「あの本にのっているのは、舞々子《まいまいこ》くんにもつくれないほど、難解《なんかい》なレシピらしいのだ。とんでもないお菓子《かし》であるからして、つくるのに成功した者もほとんどないという。妖精使《ようせいつか》いであり、〈雨ふる本屋〉の助手であるという仕事をさしおいてまで、そのレシピにいどむかどうか、迷《まよ》っているらしいのだ……」

「だったら、とにかくつくってみればいいのに」

ルウ子が言うと、フルホン氏は太いくちばしを、ゆるゆると左右へふりました。

「わたしの助手は、なかなかに頑固者《がんこもの》なのだ。むずかしいお菓子《かし》にいどむよりも、いつもどおりのお茶のしたくをするべきだと、自分に言い聞かせているらしい。

……だが、つくりたい気持ちのほうが大きいのは、だれの目にも明らかだ。その迷いのせいで、けっきょくはいつものお茶のしたくも、まるきりうまくいかなくなってしまったらしい」

ルウ子もサラも、目をまるくするばかりです。シオリとセビョーシが、しょんぼりと帽子《ぼうし》のふさをたらして、サラの肩《かた》に座《すわ》りました。

「とにかく、あたし、幽霊《ゆうれい》のところへ行くわ。また、いろんなことを調べてきたの」

フルホン氏は、水燃《みずも》し式のパイプをくわえて、羽の先でおでこをかきました。

「うむ、そうしたまえ。しかし、幽霊《ゆうれい》くんも熱心にうちこんではいるが、どうにも疲《つか》れの色が濃《こ》いようだ。ひと息つくひまがあるといいのだが、舞々子《まいまいこ》くんがあの調子では……まったくどうしたことだろう。本を開くのは、この世のなにごとにもまさるすばらしいことであるのに」

そう言って、フルホン氏は、シャボン玉みたいな虹色《にじいろ》の煙《けむり》を、ぷかぷかとくちばしから吐《は》きだしました。

三　気むずかしいお菓子《かし》のレシピ

お店へもどると、舞々子《まいまいこ》さんは本棚《ほんだな》に飾《かざ》られたキャンディのビンや陶器《とうき》の人形、鉱石《こうせき》や水中花《すいちゅうか》の鉢《はち》を、せっせと磨《みが》いていました。

「おかえりなさい」

いらっしゃいませを言いそびれたかわりのように、ていねいにそう言います。舞々《まいまい》子《こ》さんが気をつかうのが気《き》の毒《どく》で、ルウ子はつとめて明るく、こたえました。

「ただいま。本を見てきたわ、文字や絵のあるページがずいぶんふえていたんで、びっくりしちゃった」

サラはルウ子のわきを通りこして、舞々子《まいまいこ》さんのドレスに抱《だ》きつきます。よろけそうになって、舞々子《まいまいこ》さんが声をたてて笑いました。真珠《しんじゅ》つぶがふわっと浮《う》き立つのを見て、ルウ子たちも、それに妖精《ようせい》たちも、どれほどほっとしたかしれません。

シオリとセビョーシは、ルウ子たちのために、すぐさま棚《たな》から一冊《さつ》の本を持ってきてくれました。磨《す》りガラスの手ざわりをした白銀色《はくぎんいろ》の本。タイトルは、『執筆室《しっぴつしつ》』。この本の中に、作家の幽霊《ゆうれい》の仕事場があるのです。

〈すさまじい集中力〉

〈わきめもふらず執筆中《しっぴつちゅう》〉

〈ハチミツ・ミルク！　ハチミツ・ミルク！〉

〈大至急求《だいしきゅう》む！　ミント・チョコレートとねじりキャラメル〉

〈おやつをくれなきゃ死んじゃうよう〉

黒いインクで書かれたレッテルが、表紙にびっしりと貼《は》られています。まるで、おまじないのお札《ふだ》みたいです。

ひと足おくれてもどってきたフルホン氏が、カウンター机《づくえ》にかけなおして、おそろしくぶ厚《あつ》い本を読みはじめました。それを確認《かくにん》して、ルウ子とサラは『執筆室《しっぴつしつ》』

の表紙を開きました。この表紙が扉《とびら》なのです。中の紙はセロファンのようにすっかり透明《とうめい》で、なにも書かれていません。

ふしぎなからくりがはたらいて、ルウ子たちは風に呼《よ》ばれた水滴《すいてき》のように、くるくると本の中にすいこまれていました。

まばたきから目を開けた瞬間《しゅんかん》、ルウ子とサラは、もう執筆室《しっぴつしつ》にいました。

プクプクと、銀《ぎん》のあぶくが天井へのぼってゆきます。ドーム状《じょう》になった部屋のかべも、天井も、すべて本棚《ほんだな》になっていて、ぎっしりと本がつまっています。ほの青い空気の中を、魚やクラゲが泳いでゆきます。透《す》きとおった砂利《じゃり》の敷《し》かれた床《ゆか》から、ピンクや青緑の水草がのびて、気持ちよさそうにゆれていました。

スノードームの中のような部屋の中心に、大きな書き物机《づくえ》があり、そのまわりに、長いヒレを持つ魚たちや、透明《とうめい》な考えごとにふけるクラゲたちが群《む》れをなして集まっています。

「ヒラメキ幽霊《ゆうれい》さあん！」

サラが声をかけると、集まっていた魚たちがパッとちりぢりに逃《に》げました。クラゲたちは、さほどおどろきもあわてもしないで、くらくらとただよって、天井のほうへ浮《う》かんでゆきます。あとにのこったのは、つるりとした背中《せなか》をこちらへむけた、海坊主《うみぼうず》のようなすがた――執筆室《しっぴつしつ》で机《つくえ》にむかっている、作家の幽霊《ゆうれい》でした。

透明《とうめい》なビニールでできたような幽霊《ゆうれい》の背中《せなか》は、書き物机《づくえ》にかがみこみ、こちらをふりむこうともしません。仕事机《づくえ》を抱《だ》きかかえんばかりにして、どうやら一心不乱《いっしんふらん》に原稿《げんこう》を書いているらしいのです。

「さし入れは、テーブルの上に置いといてよぅ」

ふりむかないまま、幽霊《ゆうれい》がかん高い声で言いました。書き物机《づくえ》の足もとには、からっぽになったガラスの器やお皿やコップ、フォークや包《つつ》み紙が、でたらめな置き方でころがっています。どうやら、幽霊《ゆうれい》が仕事をしながら、食べたり飲んだりした残骸《ざんがい》のようです。

「ヒラメキ、あたし、これを持ってきたの」

ルウ子は、幽霊《ゆうれい》がかじりついている書き物机《づくえ》――書きそんじた紙や、ほかの者には読めないふにゃふにゃ文字のならぶ紙、またはまだまっ白の紙が、ほとんど地層《ちそう》のように机《つくえ》の上にかさなっています――に、持ってきたメモのたばを置きました。

幽霊《ゆうれい》はようやっと、青白く発光する目をピカピカさせながら顔をあげました。手に持った赤銅色《しゃくどういろ》の羽根ペンが、りゅうとしなりました。幽霊《ゆうれい》がつかっている不死鳥《ふしちょう》の羽根ペンは、いくら書いてもインクがとぎれることがないのです。

「やあやあ、きみたちだったのね。わがはい、書くのに夢中《むちゅう》になってたもんだから。だって、なにしろ、作家なんだものね！」

「どう、うまく完成しそう？」

ルウ子がたずねると、幽霊《ゆうれい》はいったん椅子《いす》から浮《う》かびあがり、クラゲ式の体のすそをくるっと回転させると、つぎの瞬間《しゅんかん》にはふにゃりとひしゃげて落下し、机《つくえ》の上、紙の地層《ちそう》の上につっぷしました。メモをわたすために、ルウ子が机《つくえ》のはしに置いたかばんが、ずり落ちそうになります。

「……おなかがすいたよぅ」

捨《す》てられた猫《ねこ》の子のような声で、そうなげきます。

「幽霊《ゆうれい》さん、だいじょうぶ？　……これ、幽霊《ゆうれい》さんのおやつじゃなかったの？」

心配そうに幽霊《ゆうれい》の背中《せなか》をさすってあげながらも、サラは、床《ゆか》に置かれたクリームやカステラのかけらのついた器たちを見おろします。

すると幽霊《ゆうれい》は、かたほうの頬《ほお》を机《つくえ》におしつけ、苦しそうな嗚咽《おえつ》をもらしました。

「そう。わがはいが食べたの……うう……だけど、だけど、それはもう三日も前のおやつなんだ！　舞々子《まいまいこ》さんが、ぜんぜんお茶の時間にしてくれないのよぅ！」

幽霊《ゆうれい》はのどもさけよとばかりに、声を高めて泣きさけびます。

「いちど、フルホンさんがお茶とお菓子《かし》を用意してくれたけれどさ。だめだよ、ドードー鳥ったら、クルミは殻《から》ごと、サクランボは枝《えだ》ごと、カボチャはまるごと食べるものだって思ってるんだ――いいや、それだけなもんか、お茶はかさかさの葉っぱ

を水にぶちこんで飲みこむんだって、本気で思いこんでいるんだから。あんなにいつもいつも本を読んで、物知りのくせに、フルホンさんって、なんて食べもののことを知らないんだろう！」

ルウ子とサラはあっけにとられ、顔を見あわせました。舞々子《まいまいこ》さんのお菓子《かし》づくりの迷《まよ》いがおよぼす影響《えいきょう》は、思ったよりもずっと深刻《しんこく》そうです。

「それで、あんたは、おやつがないんで原稿《げんこう》が進まないってこと？」

問いつめると、幽霊《ゆうれい》はぷにりとしたうでで顔をおおい、きゅうぅ、とおかしな音をたてました。口を無理やり横にひろげてつくり笑いを貼《は》りつけると、うでをひろげました。

「さてさて、集めてくれたメモを見せてよね。そうそう、わがはい、楽器の資料《しりょう》がほしかったから、このメモはとってもたすかるなあ！　なにしろ、ウキシマさんは子どものころからずーっと、楽器が好《す》きなんだものね。ところで、きみも王国の物語のつづきを書いてるんだよねえ？　ねえ、そろそろつづきを読ませてよ。見せっこをしようよ」

幽霊《ゆうれい》が、ピカピカ光る目をこちらへむけます。ルウ子は一瞬《いっしゅん》まごついて、かばんに入れていたもう一冊《さつ》のノートを、レインコートのポケットにつっこみました。

「……まだ、あんまり書けてないの。だって、あたしはまだ、物語を書くことをはじめたばっかりだし。もっと書けてから、ちゃんと見せるわ。見せっこっていうんなら、先にヒラメキのを読ませてよ」

サラの耳を、しま模様《もよう》の魚がくすぐりに来ました。サラはくすぐったさに身をよじらせながらも、笑いだすのをけんめいにこらえています。

「ええと、それは……それは……」

幽霊《ゆうれい》の顔色が、チョークをぬりたくったような色になりました。

「書いてるよ、うん、ちゃあんと書いているんだよ。でもね……だけど……」

貼《は》りついていた笑《え》みが、下へむけてゆがみ、幽霊《ゆうれい》はまた、なげきにとりつかれてしまいました。

「わがはい……わがはい、こんな苦しみを味わうんなら、もういちどほっぽり森で物語の種をさがしてさまようほうが百倍ましかもしれない！　舞々子《まいまいこ》さんったら、いままでつくったことのないお菓子《かし》のレシピに夢中《むちゅう》になっちゃって。わがはい、言ったのよ。いつもの舞々子《まいまいこ》さんのお菓子《かし》で充分《じゅうぶん》だよって――ああ、それでよけいに、混乱《こんらん》させちゃったみたいなんだ！　フルホンさんが、その前に、『まずは自分のつくりたいものをつくってみなさい』って言ったんだって。舞々子《まいまいこ》さんの決断《けつだん》は、わがはいとフルホンさんのあいだでまっぷたつよう！　ああ、いつものでいいから、お茶とお菓子《かし》をくれるといいのにぃ！　わがはい、こんなの、もうがまんできないよぅ！　これこそが〈雨ふる本屋〉はじまって以来の、大危機《だいきき》だよぅ！」

そこまで一気にまくしたてると、幽霊《ゆうれい》はまたしても机《つくえ》につっぷし、おいおいと泣きはじめてしまいました。ルウ子はあわてて、サラといっしょに幽霊《ゆうれい》の背中《せなか》に手をあてました。

「ちょっと、泣くのはやめなさいよ。舞々子《まいまいこ》さんなら、そのむずかしいお菓子《かし》をつくるにしろ、やめておくにしろ、ちゃんといつもどおりになってくれるわ。ほんのすこしのしんぼうじゃないの」

なぐさめようとしましたが、ルウ子は、自分の言ったことがいかにもうたがわしい気がしました。舞々子《まいまいこ》さんが、〈雨ふる本屋〉専属《せんぞく》の作家である幽霊《ゆうれい》のためのお茶もお菓子《かし》もわすれてしまうのなら、お菓子《かし》づくりの悩《なや》みは、思ったよりもずっと深刻《しんこく》なのかもしれません。しかし、そんなに悩《なや》むほどのお菓子《かし》とは、いったいどんなものなのでしょう？　まさか、何日もお店をるすにしなければならないような、なにかこまることの起こるレシピなのでしょうか。

（まったく、いまいちばんだいじなのは、ウキシマさんの物語を、完成させることなのに……）

サラはどうしたらいいのかわからず、すっかりおろおろしています。そのサラを心配でもするかのように、幾匹《いくひき》もの魚たちが、サラの頬《ほお》や耳、白いレインコートをつつきます。

「ねえ、それじゃ、あたしが外へもどって、おやつを持ってきてあげる。ヒラメキのぶんも、フルホンさんのぶんも。そうだ、舞々子《まいまいこ》さんは、人間のお菓子《かし》はめずらしいって前に言っていたから、もしかすると、本にのってるレシピにこだわるのだって、やめるかもしれないでしょ」

すると、幽霊《ゆうれい》の頬《ほお》が、ギンギンと白くかがやきだしました。白熱《はくねつ》した電球のようになって、天井近くまで飛びあがります。

「わあおう、そうしてくれる、ほんとに？　それじゃ、ほら、善《ぜん》はいそげ、大いにいそげ！　そうだ、ほら、ほら、前に、くらげまんじゅうってお菓子《かし》を持ってきてくれたことがあったでしょう？　わがはい、ぜひまたあれが食べたいなあ」

「だけど、あれは季節限定《げんてい》だから、いまは売ってあるかどうか、わかんないわ」

それに、いまルウ子の持っているおこづかいだけで、みんなのぶんが買えるかどうか。――けれども、ルウ子の心配などどこ吹《ふ》く風で、幽霊《ゆうれい》はもう、すっかり浮《う》き立った気分になっています。羽根ペンを指揮棒《しきぼう》のようにかざしたまま、椅子《いす》から浮《う》きあがり、くるりくるりと宙《ちゅう》がえりをうちつづけます。

「まったく、もう……」

ルウ子はため息をついて、きょとんとしているサラの肩《かた》をおしました。

「しょうがないなあ。行きましょ、サラ」

「うふふ、おやつで気分転換《きぶんてんかん》をしたら、きっと王国の物語が、一気呵成《いっきかせい》に書きあがっちゃうよねえ」

幽霊《ゆうれい》は笑みを浮《う》かべてつぶやきながら、ひもを手ばなされた風船よろしく、楽しそうに宙《ちゅう》をただよっています。

サラもうなずいて、ルウ子たちは執筆室《しっぴつしつ》から、そして〈雨ふる本屋〉から、市立図書館へもどったのです。

四　お茶へのさそい

ガラスの自動ドアをくぐって外へ出ると、ビュウ、と空気がうなりました。雲がぐっと厚《あつ》くなって、低くたれこめています。いそがないと、嵐《あらし》にでもなりそうです。
「和菓子屋《わがしや》さんまで行くのは、無理そうね……」
水まんじゅうがもし手に入っても、強い雨の中を持って帰ってくるのはたいへんそうです。お菓子《かし》もだめになりそうですし、サラがかぜをひいてしまうかもしれません。
ルウ子たちは、レインコートのフードをかぶると、強まってゆく雨の中へふみだしました。市立図書館からいちばん近い洋菓子店《ようがしてん》へむかって歩きます。もちろん、舞々子《まいまいこ》さんが用意してくれるようなふしぎなお菓子《かし》は売ってありませんが、とにかく幽霊《ゆうれい》の気はまぎれるでしょう。いま持っているおこづかいをぜんぶつかえば、上等のケーキをひとつと、サラとホシ丸くんのためのクッキーくらいは買えるかもしれません。

チリン、チリン——

ルウ子が手をのばそうとした洋菓子店《ようがしてん》のドアが中から開いて、金色のドアベルが高い音をたてました。

お店の中から出てきた人を見て、ルウ子もサラも、あっと声をあげました。

黒い上着に、ととのえたひげ。黒いふちのメガネをかけた、それは、あの大きな本におさまりつつある王国の夢見主《ゆめみぬし》——ウキシマ氏だったのです！

「やあ、こんなところで会うとはね」

ルウ子たちのすがたにおどろいたようすで、ウキシマ氏が言いました。手には、買ったばかりと見える、まっ白なお菓子《かし》の箱をさげています。

お誕生日《たんじょうび》みたい、と、サラが半分ルウ子のうしろへかくれながら、小さくささや

きました。

ウキシマ氏はそれを聞きつけて、にっこり笑います。

「これは、おみやげにと思ってね。いまから〈雨ふる本屋〉さんへ遊びに行こうかと思うんだ。きみたちは、ひょっとして帰るところ？」

ルウ子は、目をまるくしました。

「あ、あたしたちも、〈雨ふる本屋〉へおやつを買っていこうと思ってたの。ウキシマさん、舞々子《まいまいこ》さんがね……」

話しだすルウ子の背中《せなか》をおして、ウキシマ氏は傘立《かさた》てにさしてあった大きなコウモリ傘《がさ》をひろげました。重たそうな黒い傘《かさ》に、ボツボツと音を低くして雨があたります。レインコートのフードをかぶりなおしながら、大きな木に雨やどりをするように、ルウ子とサラはウキシマ氏のコウモリ傘《がさ》の下を歩きました。

「それで、ヒラメキは原稿《げんこう》がはかどらないって、大さわぎをしてるわけ。それはまあ、いつものことだからいいんだけれど、心配なのは舞々子《まいまいこ》さんなの。さいしょは、あたしたちがお店へ入ったのにも気がつかないで本とにらめっこしていて、ずっとひとりで悩《なや》んでるんですって。このままじゃ、きっとまずいことになるわ」

「まずいこと、だって？　——でも、舞々子《まいまいこ》さんがそれほど迷《まよ》うんなら、そのお菓《か》子《し》というのは、舞々子《まいまいこ》さんにとって重要なものになるんじゃないかな。舞々子《まいまいこ》さんは、魔法使《まほうつか》いみたいに、お茶やお菓子《かし》を出してくれるだろう？　その魔法《まほう》が、きっとあたらしい段階《だんかい》へ進もうとしているんじゃないかと、ぼくは思うけれど。なににせよ、おみやげを買っておいてよかったよ」

〈雨ふる本屋〉でのできごとを説明するのに夢中《むちゅう》で、ルウ子は、自分たちもケーキを買うつもりだったことなんて、すっかりわすれてしまっていたのです。

「お姉《ねえ》ちゃん、ヒラメキ幽霊《ゆうれい》さん、きっとこれで、元気が出るね！」

サラがおでこでくくった前髪《まえがみ》をはずませて、それでやっと、ルウ子はおやつを手に入れるためにもどってきたのだと、思いだしたのでした。けれども、サラの言うとおり、ウキシマ氏のおみやげがあれば、幽霊《ゆうれい》もおなかをくちくして、また原稿《げんこう》にとりかかれるでしょう。

「ずいぶんとごぶさたをしてしまって、フルホンさんが気を悪くしていないといいけどなあ」

図書館へ着きました。ウキシマ氏は傘《かさ》をたたんで、ドアの外の傘立《かさた》てにさします。大きなコウモリ傘《がさ》のおかげで、ルウ子とサラのレインコートは、ほとんどぬれずにすみました。

「はやく、はやく！」

ルウ子もサラも、お菓子《かし》を持ったウキシマ氏をせかしましたが、ガラスの自動ドアが開いたとたん、それぞれ口を閉《と》じました――なににせよ、図書館の中では静かにしなくてはいけませんから。

コロン、小さな音をたてて、ルウ子のポケットからペンがころがり落ちました。幽霊《ゆうれい》の執筆室《しっぴつしつ》で、物語のノートをあわててつっこんだとき、いっしょに入っていたようです。透明《とうめい》なガラス棒《ぼう》に見えるそのペンは、すきまの世界でルウ子がつかう、気ままインクのペン――書く内容《ないよう》によってインクのかわる、特製《とくせい》のペンでした。ルウ子はかがんで、だいじなペンを拾おうとし……だれかがこちらを見ている気がして、かがんだまま顔をあげました。図書館の中は静かで、館内にいる人たちはみんな、本のほうしか見ていません。

（また、気のせいだわ）

ルウ子は透明《とうめい》なペンをポケットのおくへ注意深くおしこむと、いそいでサラとウキシマ氏に追《お》いつきました。

そして三人は、図書館のひみつの通路へむかったのです。

ルウ子たちがウキシマ氏をつれて〈雨ふる本屋〉へもどると、さいしょに出むかえたのは、はずむような声でした。

「やあ！　ぼく、もう待ちくたびれちゃったよ」

天井につるされたくじらのそばで、ルリ色の小鳥がはばたいています。

「ホシ丸くん、来てたの？」

ルウ子の呼《よ》びかけに、青い小鳥はさもやんちゃなようすで、ピチクリとさえずって飛びまわりました。ひたいにある白い星のマークが、縦横無尽《じゅうおうむじん》に移動《いどう》する青い影《かげ》の中に、ちらちらと見えかくれします。カウンター机《づくえ》にかけて、ぶ厚《あつ》い大判《おおばん》の本を読んでいるフルホン氏が、その声やはばたきの音をうるさそうにしていたのは、いうまでもありません。

しかし、ムッツリと顔をしかめていたフルホン氏も、ルウ子とサラのうしろに立つ人物を見て、満月メガネのおくの目をまんまるく見開きました。

「や、や！　ウキシマ氏ではないか！」

尾羽《おばね》をふりふり、フルホン氏はこちらへむかってきます。ドードー族の足が短くできているのを、いかにももどかしがるように走ってくるのです。

ホシ丸くんのちらかしたあとを片《かた》づけるのにいそがしく、あの小さな本とにらめっこするのをやめていた舞々子《まいまいこ》さんも、たそがれ色の目をみはり、頬《ほお》に手をあてました。

「まあ、ウキシマさん！」

「よくぞ、来てくださった。待ちかねていましたぞ。そろそろ王国の〈雨ふる本〉を、いちど見てもらわねばと思っていたところだったのだ」

「どうも、ごぶさたをしてしまって……　ああ、ももの木がまた大きくなりましたか」

フルホン氏のさしだす翼《つばさ》と握手《あくしゅ》しながら、ウキシマ氏はとてもなつかしそうに、お店の中をながめまわしました。天井までとどく砂漠桃《さばくもも》の木は、たっぷりとしげった緑の葉を、静かに呼吸《こきゅう》させています。

その枝《えだ》に、すばやく羽を動かして、ホシ丸くんがとまりました。

「お茶にするんだろ？　ぼく、腹《はら》ペコだよ」

ウキシマ氏のおみやげのことを、まるで知っていたかのようです。シオリとセビョーシが巻き毛《まげ》の先をそっとひっぱり、舞々子《まいまいこ》さんが、うなずきました。妖精使《ようせいつか》いの目が、草におおわれた床《ゆか》のまん中を見つめると、ぷっくりと白いキノコが生《は》えてきました。見る見るうちに大きく育って、キノコはかさをひろげ、それはテーブルになります。

舞々子《まいまいこ》さんはあごに手をあて、すこしのま考えてから、緑のそでからテーブルクロスをとりだしました。そのしぐさを見て、みんなどんなにか安心したでしょう――サラなんて、ひさしぶりに会った緊張《きんちょう》もわすれて、ウキシマ氏の手をぐいぐいとひっぱったほどです。

舞々子《まいまいこ》さんがするりとなめらかにひろげたのは、深い群青《ぐんじょう》に、銀色の星と月の模《も》様《よう》が刺繍《ししゅう》されたクロスでした。ときおり、深々とした夜空に風が流れるのが見え、尾をひいて流れ星がきらめきます。

ゆっくりめぐる星空模様《もよう》のテーブルクロスの上に、大ぶりのマグカップがならび、ココアのにおいがお店に満ちます。天井から降《ふ》る雨は、お茶のテーブルの上をさけてゆくので、飲みものがさめる心配も、薄《うす》まってしまう心配もありません。糸でつながった、まだ熱《あつ》いポップコーンが長い長いネックレスのようにテーブルを飾《かざ》り、その中心に、舞々子《まいまいこ》さんは、ウキシマ氏のおみやげの箱を置きました。

ふたを開けると、まっ白なホイップクリームとカスタードクリームをはさんで、つやつやのチョコレートをまとったエクレアが、銀紙にのってぎょうぎよくならんでいます。チョコレートの上にまぶされたアラザンの銀のつぶが、テーブルクロスの模様《もよう》の星としたしげにかがやきあっています。

「まあ、なんてきれいなお菓子《かし》でしょう！　こんなにたくさん。わざわざ、ありがとうございます」

舞々子《まいまいこ》さんの瞳《ひとみ》が、藍色《あいいろ》に金色に、くらくらとゆらめきました。

「ヒラメキ幽霊《ゆうれい》さんも、呼《よ》んであげないとだめよ！」

サラがさけぶがはやいか、身をひるがえして本棚《ほんだな》へ走ってゆくと、迷《まよ》わず『執筆室《しっぴつしつ》』の本をぬきとりました。

と、サラの手が表紙にふれるやいなや、本は内側からいきおいよく開き、上機嫌《じょうきげん》なつむじ風のようにして、幽霊《ゆうれい》があらわれました。

「お茶だ、お茶だ、お茶とお菓子《かし》だ！　うわあぁ、わがはい、生きかえっちゃいそう！」

キィキィ声でよろこぶ幽霊《ゆうれい》に、ホシ丸くんが高くさえずってこたえ、お店の中は、あっというまに大さわぎとなりました。キノコの椅子《いす》にかけたウキシマ氏が、目をしばたたいています。

ルウ子は、箱の中にならんだエクレアの数と、いまここにいる人数とをくらべ、三回数えなおしてから、立ちあがりました。

「ねえ、先に食べてて。あたし、ブンリルーを呼《よ》んでくる」

「いますぐに？」

舞々子《まいまいこ》さんはぱちぱちと長いまつ毛の目をまばたきましたが、はやくも両手にお菓子《かし》をとって口へほうりこんでいる幽霊《ゆうれい》と、くるりととんぼがえりを打って人間の男の子のすがたになり、テーブルによじのぼってエクレアの箱を自分のほうへひきずりよせているホシ丸くんを見ると、ため息をつきながらうなずきました。

ルウ子は小ぶりな飾《かざ》り棚《だな》の上にある、紙細工《かみざいく》の人形の家を、じっと見つめました。みごとに切りぬかれ、何層《なんそう》にもかさなった厚紙《あつがみ》が、ドアや暖炉《だんろ》や階段《かいだん》の手すりを、まるでほんもののように見せています。ルウ子はその中へ自分がふみこむところを、真剣《しんけん》に想像《そうぞう》しました。かべ紙やソファには、絵の具で模様《もよう》づけがしてあり、絨毯《じゅうたん》はやわらかそうだけれど、じっさいにふむとつやつやでかたいのです。花瓶《かびん》に生けられた花はにおいをさせず、飾《かざ》ってある写真立てを手にとることはできません……そうしてルウ子は、正しい手つづきをふんで、その紙でできた家の玄関《げんかん》の前に立っていました。

つまり、うんと小さくなってあの家に入っていったら、どんなふうだろうかと、こまかく想像《そうぞう》したのです。そうすれば、〈雨ふる本屋〉からほっぽり森へむかう道が開きます。

棚板《たないた》の上から手をふって、豆人形の大きさになったルウ子は、紙でできた玄関《げんかん》の扉《とびら》を開けました。

五　ぶきみな影《かげ》

ブンリルーは本が大好きな女の子で、ほっぽり森にすんでいます。ほっぽり森へは〈雨ふる本屋〉から、正しい方法でむかえばすぐです。正しい方法というのはつまり、想像力《そうぞうりょく》――フルホン氏は、〈夢の力〉という呼《よ》び方を好《この》みます――をつかうということです。

ルウ子は厚紙《あつがみ》でできた家の中を、ひとりで進んでゆきました。暖炉《だんろ》に燃《も》える火も、きれいにならぶ本棚《ほんだな》の本も、古めかしい柱時計の文字盤《もじばん》や彫刻《ちょうこく》も、みんな絵です。天井の照明《しょうめい》もテーブルもぺたんこで、裏《うら》から見るとまっ白な切りぬかれた紙。かごに盛《も》られたくだもの、椅子《いす》に座《すわ》るぬいぐるみ、どれにさわっても、手ざわりは同じです。

しんとしている家の中を、ルウ子はどんどん扉《とびら》を開けて、ゆり椅子《いす》と暖炉《だんろ》のある居間《いま》へ、ピンクや黄色の泡《あわ》が立っているお風呂場《ふろば》へ、テーブルにパイがのっている台所へ、入ってゆきました。

(裏口《うらぐち》を出ると、ほっぽり森だわ)

そう考えながら、ほんとうにこんな家があったらいいのに、と思いました。家にあるものはどれも、紙に描《えが》かれた絵ですが、どれひとつをとっても、愛着《あいちゃく》のこもった品々なのだとわかります。ルウ子も、こんな家にすんで、暖炉《だんろ》の前で本を読んだり、物語を書いたりできたなら、どんなにすてきでしょう。

想像力《そうぞうりょく》、〈夢の力〉をつかってほっぽり森へたどり着くために、たいせつなことは、自分の想像《そうぞう》や空想《くうそう》を、うたがわないことです。こんなもの、ほんとうにあるわけがない――そんなふうに思ったがさいご、〈夢の力〉で生まれた通り道はくずれて、そこを進む者もいっしょにどこかへ吹《ふ》き飛ばされてしまうのです。

ルウ子はもう、なんどもほっぽり森へ行っているので、〈夢の力〉をつかうことには慣《な》れていました。

だから、迷《まよ》わず家の中を通りぬけてゆけばよいはずだったのです。

――コトッ、

小さな音がしました。ビクリとして、ルウ子は廊下《ろうか》のとちゅうで立ち止まります。

（……サラかホシ丸くんが、人形の家を持ちあげているのかも）

どきどきする心臓《しんぞう》のあたりをおさえながら、天井を見あげましたが、そんなわけがあるかしら、と、もうひとつの声が耳のおくでひびきます。

これは、〈雨ふる本屋〉の棚《たな》に置かれた紙細工《かみざいく》の飾《かざ》り物《もの》では、もうなくなっているのです。あの人形の家をヒントにして、ルウ子が想像《そうぞう》して生まれた、ほっぽり森への通り道です。もし〈雨ふる本屋〉の、ほんものの人形の家がころげ落ちても、こちらにはまったくかんけいはないはずでした。

ルウ子はその場を動けないまま、だれかが二階にいるなんて想像《そうぞう》したかどうか、思いだそうとしました。……いいえ、こんな家にすめたらなあと憧《あこが》れはしたけれど、二階があることすら、まだ想像《そうぞう》してはいませんでした。

（そう、でもたしかに、階段《かいだん》はあったんだし、二階に、屋根裏部屋《やねうらべや》もあるおうちだったわ）

飾《かざ》り棚《だな》にあったほんものの紙の家を思い起こしながら、ブルッと頭をふるい、ルウ子は息を止めて廊下《ろうか》の反対側まで走りました。

クリーム色のドアを開けようとしたとき、

「──ほっ」

たしかに声がしたのです。二階から。

ルウ子は天井を見あげました。とっ、とっ、と足音がします。やっぱり、だれかいるのです！

だれだかわからないけれど、もし階段《かいだん》をおりてきて、はちあわせをするのはいやでした。

（はやく、ブンリルーのところへ行かなくちゃ！）

ルウ子は息をすうのもわすれたまま、だれもいないはずの家の中を走りました。長靴《ながぐつ》が大きな音をたてますが、もう気にしてなどいられません。

書斎《しょさい》をぬけ、油絵《あぶらえ》の道具と楽器が置かれた部屋を出ると、いまはつかわれていない、すべての調度品《ちょうどひん》に白い布《ぬの》がかけられた部屋へたどり着きました。

きっと、背《せ》もたれの高い椅子《いす》や、燭台《しょくだい》ののったテーブルや、彫像《ちょうぞう》などが布《ぬの》の下にはあるのでしょうが、がらんとした部屋に立ちならぶそれらは、みんな、心のないおばけに見えました。ただの、絵を描《えが》いて切りぬいた紙だというのに、それらはいまにもずるずると動いて、こちらへのしかかってきそうです――

考えてはだめだと思うのに、こわい想像《そうぞう》をしないでいることは、なかなかできないものでした。

ルウ子が不安に思ったとおり、白い布《ぬの》でおおわれた調度品《ちょうどひん》たちが、ホコリまみれの床《ゆか》の上を、それぞれの重い足を引きずって、動きはじめたのです。ずるり、ずるりと、ルウ子のほうへむかってきます。

まったく、こんなときに、自分の想像力《そうぞうりょく》が味方になってくれないなんて！

頭をうででおおい、ルウ子は白いおばけたちのあいだを、全速力でくぐりぬけました。重たい調度品《ちょうどひん》たちは、ルウ子の動きに追《お》いつくことができないようです。

おそろしい部屋を無我夢中《むがむちゅう》で走りぬけ、ルウ子は、薄暗《うすぐら》いためにまっ黒に見える扉《とびら》にとびつきました。この部屋のドアは、ひっかき傷《きず》がいっぱいで、ドアノブも蝶番《ちょうつがい》も錆《さ》びついています。

「きゃっ」

思わず声がもれたのは、ドアノブにかけた手がすべったせいです。あせるルウ子の手は、べっとりと汗《あせ》をかいていて、うまくドアが開けられません。

とっとっとっ。

ためらうような足音が、聞こえます。二階から？　――いいえ、上ではありません。ルウ子がいるのと同じ、一階から、さっきルウ子が駆《か》けぬけてきた廊下《ろうか》から。

部屋の中にいる白い布《ぬの》をかぶった調度品《ちょうどひん》たちも、のろまな動きでむきをかえ、ふたたびルウ子にせまろうとします。

ルウ子は紙でできたドアノブから手をはなし、レインコートでてのひらをごしごしとこすりました。

（落ちついて、落ちついて……ドアは、開くんだから）

そうしてもういちど、錆《さ》びついたドアノブへ、手をのばしたのです。

六　ほっぽり森の本の虫

澄《す》みきった夜の空気が、磨《す》りガラス色の枝《えだ》の先々にやどっています。つめたくてほのかに甘《あま》い空気を、ルウ子は肺《はい》いっぱいにすいこみました。のしかかろうとするおばけたちも、知らないだれかの足音も、厚紙細工《あつがみざいく》の人形の家も、もうここにはありません。

〈夢の力〉で生まれた通り道は役目をおえて、ルウ子は長靴《ながぐつ》の足で、浅い水の上に立っていました。深い森の地面を満《み》たす、一面の水たまり。内側から、ひかえめなランプのように発光する、乳白色《にゅうはくしょく》のりっぱな木々。空は、星も雲も月もない、まっ暗闇《くらやみ》です。その深く遠い色が、あまりにもきれいなので、暗闇《くらやみ》の空は、それほどこわくはありません。

地面をおおう、やわらかな白銀色《はくぎんいろ》の木の根は、澄《す》んだ水につかっています。森の空気がしっかり体じゅうに行きわたるまで、ルウ子はひざに手をついて、自分の足もとに顔をむけ、背中《せなか》を上下させていました。

「ルウ子?」

ふいに、黒い四つ足が、ルウ子の視《し》界《かい》に入りこみました。

はっとして顔をあげると、やってきたのは、まのびした顔の白黒の獣《けもの》――ほっぽり森にすむバクと、その背中《せなか》にのった、三つ編《あ》みおさげの女の子でした。

「……ブンリルー」

白黒じまの、ターバンのような帽子《ぼうし》に、同じ柄《がら》のスカート、手には読みかけの本。友達の顔にほっとして、ルウ子は思わず、ブンリルーののるバクに駆《か》けより、その首っ玉に抱《だ》きつきました。ルウ子がしがみついても、バクはたじろぎません。このバクが暴《あば》れるのは、ホシ丸くんが森へやってきたときだけです。

「どうしたの？　今日は、サラはいっしょじゃないの？」

どこかぼんやりとしたいつもの調子で、ブンリルーがたずねます。ルウ子は首をふって、どうにか自分を落ちつかせました。

「サラは、お店で待ってるの。いま、ウキシマさんも来ていて、〈雨ふる本屋〉でお茶の時間なのよ。はやく行かなきゃ、ホシ丸くんとヒラメキが、お菓子《かし》をみんな食べちゃう」

ふうん、と、ブンリルーの返事は、どこかうわの空です。

「あたし、おやつよりも、あたらしい本がいいな」

そう言いながら、読みかけの本に視線《しせん》を落としてしまいます。

「ねえ、あたしがここへ来るとき、なにかへんなことはなかった？　いつもとちがうこと。おかしな音とか、気配とか……」

あの二階の物音が、もしもここまで追《お》ってくるようなことがあったら――いいえ、まさか、そんなはずがありません。ルウ子は、体に食いこんでのこるこわさは、自分の思いこみなのだとたしかめたくて、ブンリルーにたずねたのでした。

ところがブンリルーときたら、ちょうどおもしろいところを読んでいるのか、目だけをせわしなくページの上で動かして、ルウ子の声などひとつも聞こえていないようすです。バクは黒い鼻づらを水の中へさし入れ、ちょうどただよってきた夢を、つるりとすいこんで食べました（それはぷるぷるとつややかな、ゼリーの玉みたいな形をしているのです）。

ブンリルーに調子をくじかれて、ルウ子は、あんなにこわがっていたのが、だんだん滑稽《こっけい》に思えてきました。

（そうよ、あの白い布《ぬの》をかぶった調度品《ちょうどひん》のおばけたちみたいに、あたしが、うっかりこわいことを想像《そうぞう》しちゃっただけなのかもしれない。よけいなことをちょっとでも考えたら、〈夢の力〉はそのとおりになっちゃうんだから）

森のひそやかな空気の中にいると、もう、そうだとしか思えなくなりました。ブンリルーは、まだ本を読んでいます。この子は、いつだって本を読んでいるのです。ルウ子とかわらない女の子のすがたをしていますが、ブンリルーは、このバクとふたりでほっぽり森にすんでいるのです。

「ブンリルー、いっしょに〈雨ふる本屋〉に行きましょう」

ルウ子の声に、首をかしげるようにしてうなずきながらも、ブンリルーは本から目をあげようとしません。読みはじめると、いつもこうでした。

「ほら、サラも待ってるのよ。それに、ウキシマさんの王国の本だって、どんどんできていってるんだから、ブンリルーも製本室《せいほんしつ》で見ないと。それより、いま問題なのは、舞々子《まいまいこ》さんのあたらしいお菓子《かし》づくりのことなんだけど。ウキシマさんは、舞々子《まいまいこ》さんのお菓子《かし》づくりが、あたらしい段階《だんかい》に進むためのだいじなことなんだって言ってたわ。あたし、よくわかんなかったけど。……ねえ、ブンリルー、聞いてる?」

ルウ子は、バクの背中《せなか》の上にいるブンリルーの手をつかみました。それでももう片方《かたほう》の手で、開いた本をかかえたままでいるのには、もう感心するよりありません。なにごとだろうと顔をあげるバクの鼻づらを、ルウ子はてのひらでさすって、なだめました。

「……わかった、いま行く。この章だけ読んでしまっていい? あとすこしだけだから。それから、ルウ子」

どろんこ色のブンリルーの目が、すごいはやさで文字の上を行き来しています。

「あんた、なにをつれているの?」

言われて、ルウ子の心臓《しんぞう》はどくりとはねあがりました。とっさに、うしろをふりかえります。

「……」

そこには、ほっぽり森の、静かでおごそかな空気があるだけです。磨《す》りガラスの色合いをした大きな木々、しっとりとした暗闇《くらやみ》。森をひたす水のあちらこちらには、明るい水色や深い青緑、うるんだ赤やなぞめく黄色の、光る色の群《む》れがゆれています。さっきバクが食べたのと同じ夢や、人間がわすれた物語の種《たね》たちです。

「おどろかすのは、やめてよ」

ポシャッ、と音がして、ルウ子はむきなおります。バクの背中《せなか》からおりたブンリルーの黒い長靴《ながぐつ》が、水をゆらした音でした。

「お待たせ、読みおわったわ」

ブンリルーは本の表紙を閉《と》じ、わきにかかえています。ならんで立つと、ブンリルーとルウ子の背《せ》の高さはぴったり同じ、頬《ほお》の赤さも目の色も同じです。

「竜巻《たつまき》ケーキよ」

とつぜんに、ブンリルーがそう言いました。夢を食べに行っておいで、とあいずするために、ブンリルーが白いおなかのあたりをぽんぽんとたたいてやると、のっそりと、バクが動きはじめます。

「えっ、なに？」

目をしばたたくルウ子を、ブンリルーはかわらない表情《ひょうじょう》で見つめます。

「竜巻《たつまき》ケーキ。舞々子《まいまいこ》さんが、とりくもうか迷《まよ》っているレシピよ。とても背《せ》の高いらせん状《じょう》のケーキで、あたり一帯《いったい》を巻《ま》きこんじゃうの。ほんものの竜巻《たつまき》みたいに。だから、つくるのにはとっても気をつけないと、なにもかも飲みこんじゃうんだって。舞々子《まいまいこ》さんは、〈雨ふる本屋〉でもし失敗すれば、お店がつぶれちゃうかもって心配してるみたい。だけど、もしうまく完成すれば、ものすごいケーキができあがるらしいわ。食べるあいだじゅう、ぐるぐるめぐってしまうんですって」

「めぐるって、なにが？」

「さあ。食べてみないとわからないわ」

あっけらかんとそう言うブンリルーに、ルウ子はただ目をまるくしました。ブンリルーは、たいていのことではおどろいたりしません。いつでもどこか、うわの空です。

（……本に書かれていることになら、おどろくのかな）

ルウ子とブンリルーはたいへんよくにていますが、心の中はちっともわからないのだと、ルウ子はふしぎに思いました。

ともかく、友達と手をつなぐと、こわい空想《くうそう》は消えてしまうものです。ルウ子は、お店へ帰るため、こんどは〈雨ふる本屋〉のことを一心《いっしん》に想像《そうぞう》しはじめました。天井から降《ふ》る雨、草の床《ゆか》、きっといまごろ、幽霊《ゆうれい》とホシ丸くんがお菓子《かし》の争奪戦《そうだつせん》をくりひろげて、フルホン氏に怒《おこ》られているかもしれません――

ルウ子の頭の中には、はっきりと〈雨ふる本屋〉の情景《じょうけい》がありました。一生けんめい想像力《そうぞうりょく》をはたらかせているときは、景色のこまかなところまで……ほんとうにすみずみまで、思いえがいてゆくものです。ですから、その想像《そうぞう》のすみっこに、なにかがいるのが見えた気がして、思わずそちらへ意識《いしき》が集中したとしても、ふしぎではないでしょう。

（あれっ？）

ルウ子はたしかに、白っぽい、小さな影《かげ》を見た気がしたのです。白いレインコートを着たサラでも、おぼろなクラゲじみた体をした幽霊《ゆうれい》でもありません。それよりもずっと小さくて、白い毛におおわれただれか。とがった長い耳を、頭の上へふり立てた何者かが、ウキシマ氏の座《すわ》る椅子《いす》のうしろのほう、お店の入り口の小さな木の扉《とびら》の手前に——

そのだれかに、ひっぱられるのを感じました。いいえ、正確《せいかく》には、ルウ子の想像《そうぞう》力《りょく》、〈夢の力〉が、〈雨ふる本屋〉ではないべつのなにかに、ひっぱられてしまったのです。

ブンリルーと手をつないだまま、ルウ子は気づくともう、ほっぽり森から消えていました。

七　幕開《まくあ》け

そこは円形の部屋の中でした。

等間隔《とうかんかく》にならぶ柱にしきられ、かべは藍色《あいいろ》とむらさきにぬりわけられています。金色の星のつぶが、かべのあちこちに描《えが》かれており、しだいに夜が世界をおおう、たそがれどきの中にいるかのようです。

ルウ子とブンリルーは、その部屋の、こっくりとしたアメ色の木の床《ゆか》に立っていました。さっきまでふたり（それにバク）のいた、ほっぽり森はもうありません。

室内に、これといって家具はなく、ただまるい部屋の中心に、猫《ねこ》の足のついた小さなテーブルが一台、あるのです。ルウ子は〈夢の力〉をつかおうと〈雨ふる本屋〉のようすを想像《そうぞう》して、すみっこに見えるだれかの影《かげ》に気をとられたはずなのに……

この部屋には、だれもいません。ルウ子たち以外には。

「あ」

あわてるようすもなく、声をあげたのはブンリルーでした。つないでいた手をはなして、部屋の中心のテーブルへむかってゆきます。見ればテーブルには、一冊《さつ》の小ぶりな本がのっているのでした。

ルウ子はとてもこんなときに、本を手にとってみる気にはなれません。この部屋にはほかに人がいないばかりか、窓《まど》も、扉《とびら》もありません。ルウ子たちは、出口のない部屋に入りこんでしまったのです。

「ブ、ブンリルー……さっき、なにをつれてきたの、って聞いた、あれってどういう意味だったの？」

ルウ子をおどかそうとして、からかったのではなかったのでしょうか。ブンリルーはへいちゃらな顔で、テーブルからとった本をながめながら、首をかしげてルウ子をふりむきました。

「どういう意味って、そういう意味よ。ここにも、気配がのこってる」

ブンリルーが読んでいた本よりも、この部屋にあった本はずっと小さく、てのひらにすっぽりとおさまるほどでした。もともと読んでいた本をしっかりとわきにかかえて、ブンリルーは小さな本をかかげたり、ひっくりかえしたり、とくとながめまわしています。小ぶりだけれど、とても上等なつくりの本のようでした。表紙は青と白のしましま模様《もよう》で、銀色の星がいくつもちりばめられています。タイトルは、どこにも書かれていません。

「あたしたち、どこへ迷《まよ》いこんだのかしら?」

はなれているのがこわくなって、ルウ子は本を持つブンリルーに近づきました。いくら周囲《しゅうい》を見まわしても、やはり、窓《まど》も扉《とびら》もありません。上は木材がきっちりとかみあった天井で、だいだい色の明かりのともったランプが、つりさげられているだけです。

みとめたくはありませんが、ルウ子たちは、どうやら迷子《まいご》になってしまったのです。ルウ子が、〈夢の力〉をうまくつかえなかったばかりに……

はやく、〈雨ふる本屋〉へもどらなくてはなりません。

ブンリルーはルウ子の言葉にはこたえずに、じっと本を見つめています。三つ編《あ》みの先が、さらりとしま模様《もよう》の表紙をなでます。

「どこに迷《まよ》いこんだのか、この本に書いてあるんじゃないかな」

ブンリルーの指が、いつもの調子で、本の表紙を開きました。

ところが——開いたページに印刷《いんさつ》されているはずの文字を、ルウ子たちは読むことができませんでした。

「ひゃあっ！」

ルウ子が悲鳴《ひめい》をあげたのは、天地がひっくりかえるようにして、床《ゆか》がぐらりとゆれたためです。ブンリルーの三つ編《あ》みも、ルウ子のおさげ髪《がみ》も、一瞬《いっしゅん》、さかさに立ちました。ふたりの髪《かみ》の毛が、それぞれの肩《かた》の上に落ちてきたとき、ルウ子たちはまたしても、まるでべつの場所にいたのです。

うんとむこうに、扉《とびら》が見えます。とても小さく、豆つぶくらいに。

その扉《とびら》までは、一直線の通路になっていて、〈雨ふる本屋〉へつづく図書館の通路のさいごの一本道ににていました。まるきりちがっているのは、周囲《しゅうい》に一面、ルウ子とブンリルーのすがたが、うつりこんでいることでした――かべも、天井も、すっかり鏡でできていて、ルウ子たちは万華鏡《まんげきょう》の中のガラスのかけらみたいに、通路にうつしだされているのです。

ブンリルーの白黒じまと、ルウ子のレインコートのうす緑が、ありとあらゆる角度、無限《むげん》の小ささや大きさ、とほうもない遠さとぎょっとするほどの近さで、通路のかべをいろどっています。ほんのわずかの身じろぎだけでも、鏡にうつるルウ子たちの影《かげ》は、めくるめく動きを展開《てんかい》します。ルウ子は、目がまわりそうでした。

「あそこ」

本を持ったブンリルーが、通路の前方を指さしました。

万華鏡《まんげきょう》の通路に目がくらんで、はっきりとは見えません。しかし、ルウ子もたしかにそれを目のはしにとらえました。……白いなにかが、鏡のあちらこちらへすがたを反射《はんしゃ》させながら、むこうへ走ってゆくのです。走ってゆく――そう、たしかになにかの生きものでした。ほっぽり森から帰ろうとするとき、ルウ子の空想《くうそう》のすみっこにあらわれた影《かげ》と、きっとあれは同じです。

そのすがたを見さだめようとしたときには、白いなにかは通路のはての扉《とびら》を開けて、むこうへ行ってしまいました。

「追《お》いかけよう」

ルウ子は、ブンリルーの手首をつかまえて走りました。少々乱暴《らんぼう》な手つきになったのは、こんなときだというのに、ブンリルーが手に持った二冊《さつ》の本を、どちらから読もうか決めあぐねるようにして、しげしげと見くらべていたせいなのです。

ルウ子たちのすがたは、鏡の中でばらばらになったり、ぐにゅうと溶《と》けあったり、はじけるように消えたりします。幾人《いくにん》もの自分たちにとりかこまれて、ずっとここにいると、どれがほんものの自分だか、わからなくなってゆきそうです。――あの生きものがなんにせよ、こんなところからは、一刻《いっこく》もはやく出なければ。

「舞々子《まいまいこ》さんはきっとじきに、ルウ子のぶんの〈安全の星〉を用意すると思うわ」

ブンリルーが言いました。〈安全の星〉というのは、あちこちで冒険遊《ぼうけんあそ》びをするホシ丸くんに危険《きけん》がないよう、いつでもお店へ呼《よ》びもどすことのできる、舞々子《まいまいこ》さんのこしらえた魔法式《まほうしき》の装置《そうち》です。ホシ丸くんがどこかで、冒険《ぼうけん》に深入りしすぎてあぶない目にあうと、お店の天井からつりさげられた星が、赤くピカッと光ります。舞々子《まいまいこ》さんがその星をひっぱると、どこにいようが、ホシ丸くんはたちどころに、〈雨ふる本屋〉へつれもどされてしまうのでした（もちろん、ホシ丸くんがその装置《そうち》をありがたく思っていないのは、言うまでもありません）。

ほんとうに、それを自分のためにもつくっておいてもらえばよかったと、ルウ子は心から思いました。

通路のはてにたどり着き、扉《とびら》を開けて、くぐりぬけたとたん――

足場は消えて、ルウ子とブンリルーは、まっさかさまに、落ちはじめたのですから。

八　バルーニウムにいたもの

際限《さいげん》もなく落ちてゆき、耳がちぎれそうなスピードにさらされて、ルウ子は、もう目を開けてなどいられなかったのです。ですから、とつじょ体がなにかにぶつかって、ぽぉんと大きくはねたときには、ルウ子は、きっとたすからないと思いました。目を開けたら、落ちてぶつかった衝撃《しょうげき》で、体がばらばらになっているにちがいありません。

「………」

きつくまぶたを閉《と》じあわせて、息を止めているルウ子の肩《かた》を、ゆすぶる手があります。ブンリルーです。ルウ子とは正反対に、ブンリルーの表情《ひょうじょう》はふだんとまったくかわりません。

「ルウ子、見て」

ひゅう、と耳もとを、風が吹《ふ》きぬけます。と同時に、ルウ子は自分が、地面にしてはやわらかななにかに手をついていることに気づきました。なめらかで、やわらかいのに、手を動かすと「ぎゅっ」と音をたててしわがよります。不安定に体をはねかえす、これは……

ルウ子は体を起こして、自分が赤ブドウ色のゴム風船の上にいることを知りました。たいへん大きな風船です。気球のようで、しかし、この風船は、満月のようにまるいのです。

空色。木イチゴ色。ハッカ色。貝殻色《かいがらいろ》。レモンクリーム色。水玉模様《もよう》、しましま模様《もよう》、まだら模様《もよう》。さまざまな色と模様《もよう》の風船たちが、より集まって浮《う》かんでいます。

ここは、高い空の上です。下をのぞいてみなくとも、ルウ子はそれがわかりました。

……ここへは、以前に来たことがあるのです。〈雨ふる本屋〉の製本室《せいほんしつ》でできあがりつつある本、ウキシマ氏が子どものころに思いえがいた広大な想像《そうぞう》の王国。その中にある、バルーニウムという場所なのです。

とつぜん、知っている場所へ到着《とうちゃく》したことに、ルウ子は目をしばたたきました。

つぎに、おそろしさがこみあげました。

（前に来たときは――コウモリガッパを着てたのに！）

いつも、舞々子《まいまいこ》さんがお店の戸棚《とだな》へしまっていてくれる黒いレインコートは、ルウ子が空を飛ぶための道具でもありました。あのレインコートさえあれば、背中《せなか》からコウモリの翼《つばさ》を生《は》やして、飛ぶことができるのに……ただブンリルーをお茶にさそってもどるつもりだったルウ子は、なんのへんてつもない、うす緑のレインコートしか着ていないのです。

「ブンリルー、落ちちゃだめよ」

あわてて、声を張《は》りあげます。ブンリルーだって、空を飛ぶことはできません。三つ編《あ》みを風になびかせながら、ブンリルーはルウ子と同じく腹《はら》ばいになって、風船にしがみついています。ところが、そのうでは二冊《さつ》の本をきつく抱《だ》きしめ、自分が落ちないでいるためではなく、本をうっかり落とさないよう気をつけているのは明らかでした。

(まったく、もう……！)

ルウ子はぐっと顔をあげて、まわりにだれかがいないか、こうべをめぐらせました。ホシ丸くんか、サラだってかまいません。知っているだれかが、来てくれるといいのに――

「なんとうららかな日和《ひより》でしょう」

しわがれたようにも、かん高くも聞こえる声が、のんびりとした調子で言うのが風にのってとどきました。だれでしょう？　ルウ子はあわてて、きょろきょろとまわりへ視線《しせん》をめぐらせました。上空の風は強くて、目をこらすのがむずかしいのです。それでも開いた目にうつったのは、ひらひらと輪《わ》を描《えが》いて舞《ま》う、もも色のきらめく線でした。

みごとな円の軌道《きどう》を描《えが》いているあざやかな線が、大きな生きものたちであるのがわかってきます。ピンク色のつややかなうろこ。手足はなく、透《す》きとおった翼《つばさ》が生きものたちの体を空に浮《う》かばせています。

竜《りゅう》でした。ウキシマ氏の王国の浮遊《ふゆう》都市、バルーニウムにタマゴを生みつけにやってくる、天の竜《りゅう》たちです。竜《りゅう》たちが隊列《たいれつ》を組んで、リボンのように長い体をくねらせ、空中でおどっています。

「うむうむ、善良《ぜんりょう》な竜《りゅう》たちだが、この日和《ひより》ではサーカスにはつれこめない。まったくもって残念《ざんねん》だ」

しゃべっているのがだれなのか、風船の影《かげ》になって見えません。ルウ子はひじやおなかをけっして風船からはなさないよう、注意しながら、身をのりだしました。

きっぱりと赤い風船のむこうに、白い綿毛《わたげ》のようなものがいます。おどる竜《りゅう》たちにむかって、手をさしのべています。その手も白く、やわらかな毛におおわれています。頭のうしろには、白くなびく髪《かみ》の毛――いいえ、ちがいます。あれはどうやら、ふたつの長い耳です。

こちらへふりかえった白いものは、鼻をひくひく動かして、赤い目を、たしかににやりとゆがめました。それは、一匹《ぴき》のうさぎです。まっ黒な蝶《ちょう》ネクタイをむすんだ、後足《あとあし》で立つうさぎでした。

うさぎが、ルウ子たちに言いました。

「サーカスに呼《よ》べないのなら、手なずけても、せんのないことです。竜《りゅう》たちは自由に飛ぶがよろしかろう」

まるでその言葉が、呪文《じゅもん》の力を持っているかのようでした。美しい輪《わ》を描《えが》いて飛んでいた天の竜《りゅう》たちは、おのおのの翼《つばさ》に気流をつかまえて、風船の上に立つうさぎに背《せ》をむけ、高く空へのぼってゆきました。

「……へんてこなうさぎ」

ブンリルーが、ごく小さくつぶやきました。

ぽん、ぽんと、ルウ子たちののっている風船がゆれ動きます。蝶《ちょう》ネクタイのうさぎが、後足《あとあし》ではねながら、こちらへ移動《いどう》してくるのです。

「やあやあ、あなたは、観客《かんきゃく》ですか？　しま模様《もよう》のお嬢《じょう》さん。まさかまさか、興行《こうぎょう》主《ぬし》ではありますまいな」

うさぎの銀色のひげが、楽しげに動きます。ざくろの色をした大きな目が、ルウ子とブンリルーを興味《きょうみ》しんしんにのぞきこみました。

「だ、だれ？」

ルウ子はうさぎにむかってたずねながら、となりにはいつくばっているブンリルーをちらちらと見やりました。ブンリルーはふだんとかわらない、どこかぼんやりした顔をうさぎにむけています。

うさぎは、思案《しあん》の読めない顔に笑みを浮《う》かべて、うやうやしいおじぎをしました。

「わたくしは、サーカスうさぎです。ゆえあって、こちらへ迷《まよ》いこみました。名をシッチャカ・メッチャカ、けれどもお好きにお呼《よ》びください。シッチャカとでもメッチャカとでも、シチメチとでもなんとでも」

流れるようにしゃべるうさぎに、ルウ子はぽかんとするばかりです。まったく、おかしな名前の持ち主ばかりがいることには、もうそろそろ慣《な》れなくってはいけないのですが。

「迷《まよ》いこんだ?」

すきまの世界に、このへんてこなうさぎが、いったいどこから迷《まよ》いこんだというのでしょうか?

「サーカスって、どこにあるの?」

ブンリルーが首をかしげると、そのわずかなしぐさで、風船がゆれました。ルウ子はひやひやしました。ここは、空に浮《う》かぶまるい風船の上です。ちょっとでもバランスをくずせば、ルウ子たちはまっさかさまに落ちるほかないのです——

白い頬《ほお》の上のうさぎの目が、細められました。そうすると、ふたつの赤い三日月が、白い雲にもたれかかっているかのようです。

「……かなり古いサーカスなのですよ。興行《こうぎょう》がふるわず、観客たちから見捨《みす》てられ、いまや風前《ふうぜん》のとも し火《び》です。新たな演目《えんもく》につかえたらと思ったのですが、あの竜《りゅう》たちは、われわれのサーカスには持ちこめません。さらにこまったことには、団長《だんちょう》である奇術師《きじゅつし》が、すがたをくらませてしまった。もしや、見かけてはおられませんか?」

うさぎの赤い目が、ますます細くなります。ひげがざわざわとゆれ、体じゅうをおおうまっ白な毛の一本一本さえも、立ちあがってふくらみました。

うさぎよりも自分が大きいことをしめそうとするかのように、ブンリルーが風船の上へ立ちあがりました。長靴《ながぐつ》の底が、あぶなっかしく風船の表面をふみしめます。

「ブンリルー!」

ルウ子は自分も起きあがろうとして、けれどもやはり動けませんでした。うっかり動けば風船がゆれます。いまは二本足で立っているブンリルーは、わずかでもゆ

れれば、空へ投《な》げだされてしまうのです。

「ふむ。奇術師《きじゅつし》のゆくえは、ご存《ぞん》じないらしい」

にやにや笑いのうさぎが、言いました。ぶきみな魔法《まほう》の気配が、その声の底にこもっていて、ルウ子をすくみあがらせました。

と、そのとき、

「おーい」

呼《よ》ばわる声が、空の上から降《ふ》ってきたのです。

ルウ子が見あげると、風船たちのひしめく青空に、ひとかけらの灰色《はいいろ》の雲が浮《う》かんでいます。そのまるまるとした雨雲を、ルウ子はよく知っていました。

「おいおい、嬢《じょう》やたちか？　また、そんなとこでぶらぶら遊んで」

乗り物である雲の上から、ひょっこりと顔がのぞきました。太いまゆ毛に、だんご鼻。ひっつめた髪《かみ》の毛。

「電々丸《でんでんまる》！」

それは舞々子《まいまいこ》さんの親せきで、雨童《あめわっぱ》の電々丸《でんでんまる》でした。電々丸《でんでんまる》は、着物のそでから出た太いうでをふりながら、のっている雲をこちらへすばやく動かしてきます。

「ありゃあ、そんなかっこうで、おまけにルウ子としましまっ子だけか？　坊《ぼう》もなしか。あんましおてんばしていると、舞々子《まいまいこ》に怒《おこ》られっちまうのだぞ」

あやしいうさぎにはおかまいなく、赤ブドウ色の風船のそばに雨雲をよせた電々《でんでん》丸《まる》は、はやく来いとルウ子たちを手まねきします。

ルウ子はようやくほっとして、もうおわかれですよとしめすために、うさぎをふりかえりました。――ところが、そこにはもう、にやにや笑いのうさぎはいなかったのです。まるで、風に流されて飛んできた綿毛《わたげ》ででもあったかのように、白くやわらかなすがたは、バルーニウムからかき消えていました。

「消えちゃった」

電々丸《でんでんまる》のほうを見ないで、ずっとうさぎとむきあっていたブンリルーが告《つ》げました。

「うん？　なにがだ？」

どうやら電々丸《でんでんまる》は、あやしい白うさぎを見ていないようなのです。ルウ子たちが濃《こ》い灰色《はいいろ》の雨雲へのりこむと、電々丸《でんでんまる》は口をへの字にまげながら、ぼりぼりと頭をかきました。

「冒険《ぼうけん》ごっこをするのもいいが、ほれ、こんなとこへまで、本を持ってくるもんじゃないのだぞ。本というのは、もちっとだいじにあつかうもんだ」

うわの空のようすのブンリルーは、それでも、電々丸《でんでんまる》に言われて、二冊《さつ》の本をうでに抱《だ》きしめました。

「照々美《てるてるみ》から、舞々子《まいまいこ》へのとどけものをあずけられたのだ。さあ、〈雨ふる本屋〉にもどるのだぞ」

九　ちぐはぐな語らい

電々丸《でんでんまる》の雨雲は、いつも、天井のあたりでうずを巻《ま》くようにして、〈雨ふる本屋〉へあらわれます。いつもはそのようすを、お店の床《ゆか》の上に立って見あげていたので、ルウ子もブンリルーも、自分たちがうずまきを通って登場するのは、まったくのはじめてでした。

しぼられる雑巾《ぞうきん》というのは、こんなにみじめな感じなのかしら、とルウ子はぐるぐるまわる頭で思い、草の床《ゆか》が見えるやいなや、大あわてで電々丸《でんでんまる》の雨雲からとびおりました。

「まあ、ルウ子ちゃん！」

おどろきの声をあげたのは、舞々子《まいまいこ》さんです。苔《こけ》とクモの巣《す》のドレスをゆらして、こちらへ走ってきます。

「心配していたのよ、ブンリルーちゃんを呼《よ》びに行ったっきり、なかなかもどってこないんですもの。いったい、どこへより道していたの?」

「やあ、電々丸《でんでんまる》!」

ホシ丸くんは、ルウ子たちにはおかまいなしで、どすんと電々丸《でんでんまる》の雲のはしにひじをのせました。いきおいよくよりかかられた雨雲が、小型《こがた》のボートのようにゆれます。

「ちょうどよかった、ぼく、そろそろあたらしい指笛《ゆびぶえ》の吹《ふ》き方を、教わろうと思ってたんだ」

「お姉《ねえ》ちゃんたち、もう、お茶の時間がおわっちゃったのよ」

サラが、くちびるをとがらせています。テーブルキノコの上のお茶の道具は片《かた》づけられて、サラはどうやら、お店で原稿《げんこう》を書く幽霊《ゆうれい》のとなりで折り紙をしていたようでした。キノコの椅子《いす》の下で、サラの足がぶらぶらと待ちぼうけをうったえています。

〈雨ふる本屋〉へ帰ってこられた安心感から、ルウ子は、はあっと大きくため息をつきました。正直なところ、いまは、お茶もおやつもどうでもいい気分です。ホシ丸くんや幽霊《ゆうれい》が、みんな食べてしまっていても、ちっともかまいません。おそろしい思いをして、迷子《まいご》になって、それでもとにかく帰ってこられたのですから。

ブンリルーは、なんとほっぽり森から持ってきた本を開いて、雨雲の上でつづきを読みはじめていました。

「なんだか知らんが、風船の上で遊んでおったのだ。あぶなっかしいから、つれてきた。舞々子《まいまいこ》、どっかで遊ばすときには、コウモリガッパくらいは着せてやらんと。――ほれ、これは、照々美《てるてるみ》からことづかったのだ」

電々丸《でんでんまる》は言いながら、目をまるくしている舞々子《まいまいこ》さんに、雨雲につんでいた籐《とう》のかごをさしだしました。ずいぶんと大きなかごを、舞々子《まいまいこ》さんはうでをのばしてうけとります。

原稿用紙《げんこうようし》に魂《たましい》をすいとられたように書きつづけている幽霊《ゆうれい》は、ルウ子がブンリルーと電々丸《でんでんまる》をつれてもどったことにも、どうやら気づいていないようでした。赤銅色《しゃくどういろ》の羽根ペンが、紙の上を勇《いさ》ましく走りつづけています。

「風船？　バルーニウムにいたの？」

ぴょんと、おでこでくくった前髪《まえがみ》をゆらしたのは、サラです。サラはいっぺんに頬《ほお》をかがやかせ、折り紙のカタツムリやら風船やらをほうりだして、ルウ子たちに駆《か》けよりました。

「ねえ、お姉《ねえ》ちゃんたち、ウキシマおじさんの王国に行ってたの？　なんで？　サラも行く！　ね、いいでしょ？」

ルウ子とブンリルーをかわるがわる見やりながら、サラはその場でなんどもジャンプします。ブンリルーは本に目も耳もすいよせられていて、サラの声なんて聞こえていません。

「……もう、うるさいわね！　あたしたち、遊んでたんじゃないんだから！」

思わずルウ子は、大声をあげました。サラの動きがピタリと止まり、くくって立たせた前髪《まえがみ》さえも、穂先《ほさき》をたらします。自分のとんがった声に心臓《しんぞう》をすくませながらも、ルウ子は、怒《おこ》った顔をはがすことができませんでした。

「あたし、ブンリルーを呼《よ》んで、すぐもどってくるつもりだったの。だけど、ほっぽり森へ行く〈夢の力〉の通り道が、なんだかへんになっちゃって。なんとか森へは着いたけど、こんどは〈雨ふる本屋〉へ、すぐに帰ってこられなかったの。バルーニウムにだって、行こうと思って行ったわけじゃ……」

サラのしぼんだ表情《ひょうじょう》を見て、ルウ子はまた失敗《しっぱい》した、と胸《むね》の底がつめたくなりました。べつに、サラにいじわるをしようなんて思ったわけではないのに。だけど、ルウ子たちはたいへんこわい思いをしてきたのです。なにも知らないで、そんなに楽しそうにしなくったって、いいではありませんか……　サラの顔から目をそらすように、ルウ子はお店の中を見まわしました。

ウキシマ氏がいません。それに、フルホン氏も。

「さ、ルウ子ちゃん、とにかくお茶をいれなおしましょう。フルホンさんとウキシマさんは、いまは製本室《せいほんしつ》へ王国の本を見に行っているんですのよ。ちゃんと、ルウ子ちゃんたちのぶんのお菓子《かし》は、とっておいてありますからね。あたたかいものを飲みながら、くわしく教えてちょうだいな」

ルウ子の背中《せなか》をなでてなだめる舞々子《まいまいこ》さんのスカートには、怒《おこ》った顔をしてサラがしがみついていました。深緑のスカートに半分かくれながら、サラが、べえ、と舌をつきだしてきます。ルウ子が口を開こうとしたとき、

ピイイィ！


ホシ丸くんが高らかに、指笛《ゆびぶえ》を吹《ふ》き鳴らしました。

はだしの足で草の床《ゆか》をふみながら、ホシ丸くんは両うでを大きくひろげます。

「ふふふ、冒険《ぼうけん》のにおいがするねえ」

顔じゅうに笑みを浮《う》かべるホシ丸くんの、ひたいの白い星マークが、つやつやと光っているようでした。

電々丸《でんでんまる》はおみやげだと言って、サラに、小鳥の形の笛《ふえ》をくれました。竹細工《たけざいく》ででき た、とても小さな笛《ふえ》です。かわいらしい音の鳴るその笛《ふえ》に、サラはいくらかきげんをなおして、もうへの字口でルウ子をにらむのをやめました。

舞々子《まいまいこ》さんがルウ子とブンリルーのためにいれてくれたのは、金色の湯気の立つハチミツ茶。電々丸には、ほんものの梅《うめ》の花の浮《う》いたお茶です。熱《あつ》いお茶をすこしずつ飲み、ウキシマ氏のおみやげのエクレアを食べながら、ルウ子は、起きたできごとを説明しました。

こういうふしぎなことは、話すうちに、自分でもほんとうだったのかどうか、だんだんわからなくなってゆくものです。そして、話せば話すほど、冒険《ぼうけん》好きのホシ丸くんが、目をきらきらさせるのも、いつものことでした。

「きっと、そのうさぎが、なにかたくらんでるんだよ!」

椅子《いす》からテーブルへ身をのりだして聞いていたホシ丸くんが、キノコの上に立ち

あがりました。
「たくらむって、たとえば？」
「天の竜《りゅう》を、調教《ちょうきょう》しようとしてたんだろう？　よくわからないけど、サーカスにはつかえないって、逃《に》がしたんじゃないか。もしもそうじゃなく、サーカスに役立ちそうだったら、竜《りゅう》たちはつれていかれてたってことだろ。そのうさぎは、王国やすきまの世界の生きものたちを、サーカスにさらっていっちゃうつもりなんだ！」
ホシ丸くんが、ぐっと顔をよせてきたので、ルウ子の食べかけているエクレアがひしゃげて、顔がクリームまみれになりました。舞々子《まいまいこ》さんが、きれいなハンカチをルウ子にわたしてくれながら、首をかしげてため息をつきます。

「そうやって決めつけるのは、よくないわ。ウキシマさんのことだって、さいしょはみんなして、あやしい〝影《かげ》の男〟だなんて、かんちがいしていたじゃありませんか」

「だけど、そのうさぎは、ルウ子がちゃんと見たんだろう？　しゃべった言葉だって聞いてるんだ。それでも、あやしくないなんて言える？」

ホシ丸くんの言うことも、もっともではあるのです。ルウ子も、そうなのじゃないかと思っていました。そもそも、ほっぽり森へ行こうとするルウ子を迷《まよ》わせたのも、あのうさぎのしわざなのかもしれません。

「もしかすると、ルウ子のことだって、誘拐《ゆうかい》するつもりだったのかもしれないぜ。なんたって、すきまの世界では、ただの人間なんて、なかなかめずらしい生きものなんだから」

「ええっ？」

舞々子《まいまいこ》さんのハンカチで顔をぬぐって、ルウ子はとんきょうな声をあげました。

シオリとセビョーシがおびえて、サッと空中でしがみつきあいます。

「もう、ホシ丸くん！　たしかなことは、わからないんですからね。勝手なことを言って、ルウ子ちゃんたちをこわがらせてはいけません」

舞々子《まいまいこ》さんの真珠《しんじゅ》つぶが、巻《ま》き毛《げ》のまわりでチリリとゆらぎました。

「でもねえ――」

口をはさんだのは、いまのいままで原稿用紙《げんこうようし》にかじりついてペンを動かしつづけていた、幽霊《ゆうれい》でした。

「そのうさぎは、『迷《まよ》いこんだ』って言ったんでしょ？　どこから迷《まよ》いこんだっていうんだろ。そこがかんじんだと思うなあ」

無言で文字を書きつづけていたので、集中しきって、ルウ子たちのおしゃべりなど聞こえていないものだと思っていました。幽霊《ゆうれい》は、二重丸になるくせのある句点《くてん》を打つと、不死鳥《ふしちょう》の羽根のペンを置き、ルウ子のぶんのお茶をおいしそうに飲みほしました。

「ああ、おやつのおかげで、ずいぶんとはかどっちゃった。この原稿《げんこう》、製本室《せいほんしつ》へ持っていくね」

原稿用紙《げんこうようし》のたばをかかえて、ふわりと浮《う》かびあがる幽霊《ゆうれい》に、舞々子《まいまいこ》さんがあわてて立ちあがって呼《よ》びかけました。

「それでしたら、わたくしが持っていきます。幽霊《ゆうれい》さん、お疲《つか》れでしょう。休憩《きゅうけい》なさらなくっては」

ところが幽霊《ゆうれい》は、目玉をとろけそうな灰色《はいいろ》にぼやかし、にったりと笑顔を浮《う》かべたまま、お店のおくへふわふわふわとたよりなく飛んでゆきます。

「ううん、自分で持っていくよぅ。お茶とお菓子《かし》で、百人力なんだもの。それよりも、舞々子《まいまいこ》さん……わがはい、はやく舞々子《まいまいこ》さんのケーキが食べたいよぅ……」

半分眠《ねむ》っているような声で言いながら、幽霊《ゆうれい》は製本室《せいほんしつ》へ通じるドアを開け、なんともあぶなっかしい飛び方で、行ってしまいました。

と、ルウ子のとなりで、はやばやとおやつを食べおわって本を読んでいたブンリルーが、椅子《いす》の上のひざを、そわそわとこすりあわせました。

「……はやく読みたいなあ、王国の本」

そうつぶやいたブンリルーの頬《ほお》は、粉砂糖《こなざとう》をまぶしたできたてのケーキのようでした。

舞々子《まいまいこ》さんが、胸《むね》の前で手をにぎりあわせます。なにかを心に決めたようすの舞々《まいまい》子《こ》さんの瞳《ひとみ》が、たそがれどきのなぞめいた色にきらめきました。

「そう、そう」

電々丸《でんでんまる》が、お茶をくいっと飲みほしました。

「照々美《てるてるみ》からのとどけものな、それは、ケーキの材料なんだと言っていたぞ」

帽子《ぼうし》のふさをぴょこりとはずませ、妖精《ようせい》たちが息もぴったりに、体をしゃんとのばしました。

十　出発

照々美《てるてるみ》さんからのとどけものの中身は、かごにいっぱいの、小さな茶色いビンの群《む》れでした。どれもきちんと封《ふう》がされ、古びた色合いのラベルが貼《は》ってあります。

舞々子《まいまいこ》さんがひとつひとつをとりだしてみると、『遠浅《とおあさ》の蒸留水《じょうりゅうすい》』『酸素《さんそ》―レモン風味』『稲妻猫《いなずまねこ》のこのむニッキ』『月光酒《げっこうしゅ》（二百年物）』『風雲パウダー』といった文字が、それぞれに書いてあるのが読めました。

「これで、舞々子《まいまいこ》さんのお菓子《かし》がつくれるの？」

サラの声が浮《う》き立ちました。

「さあ、どうかしら……なかなかかんたんには……それに、とても危険《きけん》なケーキだから」

テーブルキノコにすべてのビンをならべ、ラベルの文字を読みながら、舞々子《まいまいこ》さんはあのレシピの本を片手《かたて》で開いています。本とラベルの文字を見くらべ、ビンを持ちあげては中身をたしかめます。

と、かごの中に、まだなにかのこっているのをサラが見つけました。つかみだして、舞々子《まいまいこ》さんにさしだしたそれは、伝言の書かれたカードです。

『わたしの庭でつくっていいから、くよくよ悩《なや》むのは、もうやめなさい。』

セピア色のインクで、そう書かれています。

舞々子《まいまいこ》さんは一瞬《いっしゅん》、頬《ほお》をまっ赤にし、ますます熱心に小ビンに入った材料を確認《かくにん》します。その真剣《しんけん》な横顔を、妖精《ようせい》たちがまばたきもしないで見守っていました。舞々《まいまい》子《こ》さんが、かならずお菓子《かし》を――ブンリルーが言うところでは、『竜巻《たつまき》ケーキ』というものを――完成させるつもりであるのは、だれが見ても明らかでした。

「電々丸《でんでんまる》さん、照々美《てるてるみ》さんは、元気だった？」

小鳥の笛《ふえ》をぴいと鳴らしてから、サラが電々丸《でんでんまる》を見あげました。

電々丸《でんでんまる》は太いまゆ毛を持ちあげて、こたえます。

「ああ、庭に、めずらしい花がずいぶんとふえてたな。サラっ子の花壇《かだん》の世話もしに来てくれと、また伝えとくよう言われたんだ」

とたんに、サラの頬《ほお》が上気《じょうき》しました。電々丸《でんでんまる》にもらった笛《ふえ》を手の中にぎゅっとにぎりしめ、とびはねるように椅子《いす》からおり立ちました。

「サラ、お庭に行く！」

サラの決然とした声が、ルウ子をおどろかせました。ルウ子は〈雨ふる本屋〉にいて、幽霊《ゆうれい》の執筆《しっぴつ》をすこしでも手伝えないかと思っていたのです。なにしろ、今日は、ウキシマ氏も来ているのですから。

「うん？　まあ、おいらももう仕事にもどらにゃならんから、ついでに送ってってやるが」

電々丸《でんでんまる》が、指先で自分のあごをかきました。ますます目をかがやかせるサラとは逆《ぎゃく》に、ルウ子は不安です。

「だけど、お庭にあのうさぎがいたら？」

「照々美《てるてるみ》のサルを、つかまえにか？」

電々丸《でんでんまる》が、どんぐりまなこをしばたたきました。舞々子《まいまいこ》さんの妹の庭師《にわし》、照々美《てるてるみ》さんのそばには、いつも、マゼランというリスザルがいるのです。金色の尾をネックレスのように照々美《てるてるみ》さんの首に巻《ま》きつけていて、照々美《てるてるみ》さんの庭仕事を手伝っています。……もしもあのあやしいうさぎが、サーカスで芸《げい》をする生きものを集めているのだとしたら、かしこいマゼランもねらわれたっておかしくはありません。

ルウ子にむかって、サラはまゆをつりあげ、うんと大人っぽい表情《ひょうじょう》をしてみせました。

「だけど、お庭には、みつを飲まなきゃもとのままでは入れないのよ。それに、サラ、翼《つばさ》の傘《かさ》を持っていくもん。こわいことがあったら、すぐに飛んで逃《に》げるから、だいじょうぶ」

「でも――」

ルウ子は、自分がサラを心配しているのだか、生意気《なまいき》を言う妹にただ腹《はら》を立てているのだか、わからなくなってきました。

「待ってください。わたくしも行きます」

そうもうしでたのは、舞々子《まいまいこ》さんでした。

「照々美《てるてるみ》は、材料までそろえてくれたんです。わたくし、どうしてもつくりたかったのに、できる方法をさぐってみもしないで、なんて臆病《おくびょう》だったんでしょう。どうしても、竜巻《たつまき》ケーキをつくります。ケーキが完成すれば、幽霊《ゆうれい》さんやフルホンさんを、もっともっと元気づけられるかもしれませんし、そうしたら王国の物語は、かんぺきな本にしあがるにちがいありませんわ」

舞々子《まいまいこ》さんはかみしめるようにそう言って、テーブルにならべた小ビンたちを、ていねいな手つきで、また籐《とう》のかごの中へもどしてゆきました。舞々子《まいまいこ》さんがいっしょだというなら、サラも、こわい目にあうことはないかもしれません。

「でも、舞々子《まいまいこ》さん、だいじょうぶなの？　照々美《てるてるみ》さんも――」

舞々子《まいまいこ》さんの妹で、庭師《にわし》の照々美《てるてるみ》さんは、いつもにこにこしていてきれいに咲《さ》いた花のような人なのですが、みんながあきれるほどのうっかり屋なのです。ブンリルーの説明では、竜巻《たつまき》ケーキはうっかりしていると、とんでもないできごとをひき起こしかねないもののようでしたが……

「照々美《てるてるみ》の庭の、大きさをのびちぢみさせるしかけが、役立つかもしれないわ。ああ、まったく、妹の力を借りるということを、なぜいままで思いつかなかったのかしら」

そうです。照々美《てるてるみ》さんの庭では、マゼランが小ビンに入れて首にさげているみつを飲まなければ、立ち入った者は、体がだしぬけに巨人《きょじん》になったり、アリより小さくなったりしてしまうのです。片足《かたあし》を傷《いた》めている照々美《てるてるみ》さんが、庭のすみずみまで手入れができるようにとほどこしたしかけでした。

舞々子《まいまいこ》さんの瞳《ひとみ》が、たそがれの色をかがやかせ、そのおくには、宵《よい》の星がちらちらと照っていました。ルウ子には書くことがあるように、舞々子《まいまいこ》さんには挑《いど》むべきケーキがあり、そしてサラには、手をかけてやらなくてはならない花たちがあるのです。すきまの世界で、それぞれにするべきことがあるのだということが、かしいでいたルウ子の気持ちを、まっすぐになおしてくれました。

「シオリ！　セビョーシ！」

舞々子《まいまいこ》さんがパンパンと手を打ち鳴らすと、ふたりの妖精《ようせい》は空中でピシッとかかとをあわせ、自分たちの妖精使《ようせいつか》いをきらきら光る目で見つめました。

「もどってくるまで、フルホンさんのお手伝いをお願いします。ケーキが焼けたら、すぐに帰ってきますから」

妖精《ようせい》たちがうなずくと、三つまたにわかれた帽子《ぼうし》のふさ飾《かざ》りが、チリンチリンと音をたてました。

「ルウ子ちゃん、サラちゃんのことは、わたくしと照々美《てるてるみ》で見守っていますから。すこしのあいだだけ、るすをお願いね」

ルウ子は、あっというまに出かけることを決めた舞々子《まいまいこ》さんのいきおいに、胸《むね》の底ではおどろいていましたが、巻《ま》き毛《げ》のまわりの真珠《しんじゅ》つぶをおどらせ、ドレスのすそを持ちあげて出発の準備《じゅんび》をする舞々子《まいまいこ》さんを止めようなんて思いませんでした。それに、テーブルに頬杖《ほおづえ》をついたホシ丸くんの、わくわくするのをかくしきれずに背骨《せぼね》をくねらせているのが、なんだかうれしくてたまらなかったのです。

舞々子《まいまいこ》さんは、サラの翼《つばさ》の傘《かさ》をとってくると、いっしょに電々丸《でんでんまる》の雨雲にのりこみ、〈雨ふる本屋〉から照々美《てるてるみ》さんの庭へと、出発しました。

雨雲が、砂漠桃《さばくもも》の木のわきをすりぬけて、お店の天井の近くでうずを巻《ま》き、うずはどんどん小さくなって、そして消えました。フルホン氏にも知らせないで、舞々《まいまい》子《こ》さんは出かけてしまいました。シオリもセビョーシも、ちっとも不安そうな顔はせず、それどころか、いつもよりきりりとしたおもざしで、靴《くつ》のつま先をそろえ、ならんで本棚《ほんだな》の上に座《すわ》りました。

「おどろいたな」

服のそででおさえた口から、プーッと笑い声をもらしたのは、ホシ丸くんです。

「まさか、舞々子《まいまいこ》さんに、先に出発されちゃうなんて」

「ほんとね。だけど、舞々子《まいまいこ》さん、とても楽しそうだったわ」

そう言葉にしたとたん、ルウ子は、自分もなにかしたくてたまらなくなりました。ポケットに手を入れると、そこには気ままインクのペンがあります。それに、幽霊《ゆうれい》に中身を見せずに、かくしたノートが。待っているあいだに、つづきを書きたしていこう——ルウ子はそう決めて、ノートをひっぱりだしかけました。

同時にパタンと、ブンリルーが、それまでじっと読んでいた本を閉《と》じたのです。

「……読みおわっちゃった」

そう言って本をテーブルに置くと、息つぎでもするように、もう一冊《さつ》の本を両手に持ち、表紙を開こうとします。青と白のしま模様《もよう》の――

椅子《いす》からおりて、はっと、ルウ子は肩《かた》をこわばらせました。ブンリルーが本を持っているのはいつものことなので、だれも気にとめず、ルウ子もほとんどわすれていました。あの本は、ほっぽり森から迷《まよ》いこんだ、円形の部屋で見つけたものです。

そのまま、ブンリルーが持ってきてしまったのでした。

「開いちゃだめ、ブンリルー！」

ルウ子はさけびましたが、ブンリルーはもちろんつぎの本のことしか頭になく、表紙を開く手を止められるはずなど、ないのでした。

十一　海底のお店

ザブン！　――息ができずに、ルウ子はあわてて体を動かそうとしました。が、手も足も、思うようにあやつれません。

水の中にいます。ルウ子はとにもかくにも、必死《ひっし》で上へむかおうとしました。空気のあるところへ、顔を出さなければ……

と、あわてるルウ子の手を、だれかがくいくいとひっぱります。ホシ丸くんでした。水の中なのに、ルウ子は、魚の瞳《ひとみ》を借りているかのように、くっきりとものを見ることができます。顔のまわりに空気のあぶくをまとわりつかせたホシ丸くんが、下のほうを指さしています。

たっぷりと光のさしこむ、たいへん青い水の中でした。さほどの深さではないら

しく、ホシ丸くんの指さす先にはふくざつな地形の岩場が、燦々《さんさん》とそそぐ光をおいしそうに浴《あ》びています。上には水面が、くらくらするほどあざやかな青をちりばめて、親しげにゆらめいています。

あのしま模様《もよう》の本を抱《だ》きしめたブンリルーが、となりにさかさまになって浮《う》かんでいます。目を大きく開いたブンリルーは、水底の岩場をしげしげとさしのぞいていました。ルウ子は反対の手で、ブンリルーの服をつかまえました。

落ちてきた水中があまりにも明るいので、ルウ子はすぐに落ちついて、ホシ丸くんがなおも指さすものを、つぶさにたしかめようとしました。

青い水の底の、岩場のかげから、こちらへ泳いでくるものがあります。ひらひらと長いヒレを背後《はいご》にしたがえた、金色の魚たちです。小さな魚たちはみごとにそろった動きで、ルウ子たち三人のまわりをとりかこむと、行く先をさそうように、いっせいに同じほうへ頭をむけました。さっき出てきた、岩場のほうへ。

水の中へさらにもぐれとしめす魚たちに、ルウ子はとんでもないとかぶりをふりかけましたが、それよりはやく、ホシ丸くんが手をひっぱりました。はだしの足が力いっぱいに水をけり、ルウ子と、ルウ子が服をつかんでいるブンリルーは、水流に巻《ま》きこまれながらもぐってゆきました。

金の魚たちがまわりをついてきます。どんどん息が苦しくなってゆくのに、ルウ子はなぜか、たっぷりと時間のありあまる夏の午後に、気持ちよくうたた寝《ね》をしかかっているような気分になりました。明るく、青く、肌《はだ》にふれる水はなめらかです。水面からそそぐ光が、水もろともにルウ子たちを照らし、まるでここは、おいしいゼリーの中です。

岩場には入り口がありました。珊瑚《さんご》だの藻《も》だので飾《かざ》りたてられた、小さな洞窟《どうくつ》の入り口みたいな扉《とびら》です。ガラスでできて見える扉《とびら》には、把手《とって》も蝶番《ちょうつがい》もありません。金の魚たちが、ささやかなくちびるで入り口をつつくので、先頭を泳ぐホシ丸くんはためらいなしに、扉《とびら》へつっこんでゆきました。

あっと思ったときには、ルウ子たちは弾力《だんりょく》のある膜《まく》をくぐりぬけて、空気のある場所へ到着《とうちゃく》していました。水の力が作用しなくなり、体が重く、けれどもたよりなく感じられます。入り口へつっこむ瞬間《しゅんかん》、息を飲もうとして、そもそも息を止めていることをわすれていたルウ子は、水を飲んでしまい、ひざをついてむせました。塩からい海の水が、舌《した》にからみつきます。

「いらっしゃいませ」

けだるげな声が、ルウ子たちによこされました。

顔をあげると、そこはたくさんのものでごったがえした、部屋の中でした。かべの岩はむきだしです。岩のでこぼこをつかって、いちど見ただけでは得体《えたい》のしれない品々が、見わたすかぎりにならべられています。ねじれたり、とがったり、おかしな色だったりするものが、ななめになったりぶらさがったりしながら、岩のくぼみにつめこまれているため、いったいなにが置かれているのだか、見わけることもできません。

「どうぞ、好きに見ていって。気に入るものがあるかどうかは、知らないけどね」

声のするほうへ視線《しせん》をむけると、岩棚《いわだな》や岩の台座《だいざ》にひしめく品物たちになかばうもれて、大きな帽子《ぼうし》を頭にのせただれかがいます。

つるり、と、肩《かた》までたれた帽子《ぼうし》のふさのひとつが、動きました。棚《たな》のどこかへひじをつき、ルウ子たちをなんだか眠《ねむ》そうな目でながめているのは、細い体つきの女の人でした。きらきらと華《はな》やかなお化粧《けしょう》をしていて、水着みたいに、体にぴったりとした服を着ています。帽子《ぼうし》ばかりが、いやに大きく、重そうです。

ルウ子は立ちあがり、ここがどこなのかをたしかめようとしました。

「ここ、なんのお店?」

ホシ丸くんはちっとも気おくれなどせずに、この空間にただひとりいる女の人へ、たずねかけました。

「見たらわかるでしょ。みやげもの屋よ。ポップコーンはここじゃ湿気《しっけ》ちゃうから、外の売店で買って。だけど、まだ売り子たちは食べものや飲みものを売ってまわっているんだか」

つるり、帽子《ぼうし》のふさが、また動きます。女の人の肩《かた》へたれさがったり、くるくるうずまき状《じょう》になって、巻《ま》きあがっていったりするのです。重たそうな帽子《ぼうし》の、頭にふれている部分が、はた、と息をつきました。ルウ子はようやく、それが帽子《ぼうし》ではなくて、生きものなのだとわかりました。女の人の肩《かた》や背中《せなか》や頬《ほお》にたれたふさは、生きものの足です。きっちりと配置された吸盤《きゅうばん》を持つ、それはタコの足、女の人は頭の上に、大きな生きたタコをのせているのでした。

「なんのおみやげなの?」

問いかけながら、ホシ丸くんはごったがえす品物たちをつぶさに見るため、小鳥に変身して、洞穴《ほらあな》の中を飛びまわりました。素焼《すや》きの粘土《ねんど》のようなものや、貝殻《かいがら》と砂《すな》を貼《は》りつけた写真立て、はでな色にぬった長すぎるペンダント、気味の悪い顔をした人形、中身のわからない箱なんかがあるのが、どうやら見てとれました。

「見りゃわかるでしょ。サーカスのおみやげよ」

ルウ子のとなりに立っているブンリルーが、ぴくりと三つ編《あ》みの先をゆすります。

「サーカス？」

「そう、サーカス。水びたしよ。水びたしのサーカス。だけれど、まだ演目《えんもく》をやってるのかね。ここにいちゃ、よくわからないんだ。お客が来ないってこと以外は」

頭にタコをのせた女の人は、水色の口紅《くちべに》をぬった口を大きく開けて、あくびをもらしました。

「それは、あのなんとかいううさぎのサーカスなの？　シチメチだとか、シッチャカだとか……」

ルウ子がひざに力をこめると、横からブンリルーが言葉をさしはさみました。

「シッチャカ・メッチャカ」

その名前を耳にして、生きたタコを帽子《ぼうし》にした女の人は、ひょっと目をみはります。外の水と同じ、さっぱりと澄《す》んだ青い目でした。そうして、一瞬《いっしゅん》だけおどろいた顔をして、大口を開けて笑いだしたのです。

「あいつのサーカスであって、たまるもんか！　あれは、道化師《どうけし》。ピエロだよ。団《だん》長《ちょう》は奇術師《きじゅつし》をやってんだ。ゾウなのよ、このサーカスの団長《だんちょう》は。ゾウっていうのは、雨を呼《よ》ぶけものなんだって。だからサーカスは水びたし。あまり大所帯《おおじょたい》のサーカスじゃないから、みんな、役柄《やくがら》がふたつか三つある。わたしは、みやげものの売り子で、曲芸師《きょくげいし》」

そう言うと女の人は、太陽にも花にも見える模様《もよう》の入ったストッキングの足を、頭よりも高くあげ、足首を首のうしろから反対の肩《かた》までまわして、一本足でくるりくるりと回転してみせました。その動きのなめらかなことといったら、空気までもが女の人の動作にあわせて、ぴんと張《は》りつめるようでした。

高くあげた足のかかとを頭の上のタコにのせ、そのまま体をゆっくり前にたおして、ちっともはずみをつけずに逆立《さかだ》ちすると、両の足を岩のかべにはわせてななめに立ちあがり、そこでバランスをとりました。頭の上のタコがプウと息を吐《は》き、女の人はかべからおじぎをします。……たいくつそうだった表情《ひょうじょう》はかき消えて、顔じゅうのお化粧《けしょう》をますますかがやかせる誇《ほこ》らしげでなぞめいた笑みが、女の人の顔に浮《う》かんでいました。タコはずり落ちたりせずに、ちゃんと頭の上にのって、八本ある足をそれぞれ好きなように動かしていました。

ピュウ、と口笛《くちぶえ》を吹《ふ》いたのは、ホシ丸くんです。

「すごいや！　ぼく、はじめて見たよ」

拍手《はくしゅ》を送るかわりに、岩棚《いわだな》の上でぱたぱたとはばたくホシ丸くんに、曲芸師《きょくげいし》だという女の人は、もういちど深々とおじぎしました。そしてかべにも重力があるみたいに、なめらかに床《ゆか》へおりてきます。

「ぼく、ほかのも見てまわりたいな。どこから行けばいいの？」

「行っても、まだやってるかわからないわよ。言ったろう、お客が、てんで来ないの」

女の人は、またたいくつそうな顔にもどってしまいました。

「それは、どうして？」

「さあね——準備万端《じゅんびばんたん》ととのえて、千客万来《せんきゃくばんらい》をお待ちしてたんだけれど。どこかに、きっと大きなほころびがあったんだろう。お客は来なくて、サーカスはさびれたんだ、きっと。巻《ま》きかえすことはできないだろうけど、自分たちで幕《まく》を閉《と》じちゃうわけにもいかないから、こうしてつづいているというわけ……」

そうしてまた、女の人はあくびをします。

「さ、あんたたち、みやげもの屋へ来たからには、なにか買ってってくれるんだろう？　なににする？　虫かごの中の空中ブランコ、ふると嵐《あらし》が見えるストームドーム、毎朝ちがった魚の生《は》えてくる鉢植《はちう》え、ネジを巻《ま》くたび音楽のかわるオルゴール。ふつうのガムやチョコレートもあるよ」

「え、ええと……」

ルウ子はたじろぎました。

「でも、あたしたち、まだサーカスを見ていないもの。おみやげはあとで買うものでしょう?」

「おや、わたしの曲芸《きょくげい》を、ほんのちょっぴり見せたじゃない」

それは、そうですが……ルウ子はポケットに入っているおこづかいで、ここにあるものが買えるのかどうか、不安になりました。

と、ポケットに手を入れたルウ子に、女の人がひゅっと息をつめて、背《せ》すじをしなやかにのばしました。

「おや、おどろいた。ペンを持ってるの」

「え?」

ルウ子のポケットから、気ままインクのペンのおしりがのぞいていました。女の人の大きな瞳《ひとみ》は、まるで偉大《いだい》な身分のあかしを発見したかのように、ペンにそそがれているのです。

「あんたは、物書きだったの？」

「い、いいえ……」

圧倒《あっとう》されながら、ルウ子は首をふりました。たしかにこれは、ルウ子が物語を書くためのペンですが……

「それじゃ、これを買わなきゃいけない」

女の人がくるりと身をひるがえすと、タコが足をのばして、岩棚《いわだな》のてっぺんにある品物をひとつ、とりました。

それは、蝶《ちょう》ちょの形をした本――いいえ、ノートです。

「これを買ってくれたら、チケットをあげよう。これに、書いてくれるなら。……サーカスのことを」

「えっ？」

「サーカスは、どこかが大きくほころんでいた。だけど、われわれにはそれをつきとめる方法も、修理《しゅうり》する手立てもない。だれかが、なおしてくれなくちゃ。だれか、ペンを持つ者が」

ペンを持つ者、という言葉に、ルウ子はゾクリとして、思わずブンリルーをふりかえりました。ブンリルーも以前、自在《じざい》文字のペンと呼《よ》ばれる、すきまの世界を書きなおすための、身の丈《たけ》よりも大きなペンを持っていたのです。

「このノートがあれば、上へどんどん行ける。遠くまでだって行ける。サーカスのことを、書いてくれさえすれば――ずっと書いてくれればね」

「だけど……あたしたち、そのサーカスに、まだ行っていないのに」

「だから、チケットをあげるんだよ」

そう言うなり、女の人が、三枚《まい》のカードをつきつけるように出しました。つややかな銀色のカードは鏡のはたらきをして、ルウ子たちの顔をうつします。鏡の中の自分たちがまばたきをした、そのとたん――またしても、魔法《まほう》が作用したのです。

十二　百弦《ひゃくげん》の谷

ルウ子とブンリルーのまわりをパタパタと飛びまわったホシ丸くんは、やがてルウ子の頭の上にとまりました。

ルウ子たちは、しま模様《もよう》の布地《ぬのじ》に周囲《しゅうい》をかこまれて立っていました。それは、ブンリルーがずっと持っている例の本の模様《もよう》と同じで、ただ、紺《こん》と夕日色だの、緑と灰色《はいいろ》だの、カステラ色と琥珀色《こはくいろ》だの、紅《くれない》と銀粉色《ぎんぷんいろ》だの、色のくみあわせがほとんど無数にあるのです。――というのも、まわりにたれさがっているのが一枚《まい》の布《ぬの》だけではなしに、たくさんのカーテンを何枚《なんまい》も何枚《なんまい》もおりかさねたようになっているからなのでした。

色の洪水《こうずい》と、布《ぬの》のかべ。どちらへ行けばいいのか、ルウ子には見当がつきません。

ただ、さっき水中のみやげもの屋で強引《ごういん》にわたされた蝶《ちょう》ちょの形のノートを持つ手に、しぜんと力がこもりました。

「あれっ、あそこ！」

するどくさけんだのは、ホシ丸くんです。

見れば、色のくみあわせのさかいめも見失いそうなしま模様《もよう》たちのあいだへ、サッとかくれる足が、ルウ子の視界《しかい》をかすめました。たしかにそれが白いとわかったのは、ちょうど、うしろにあったのが夜空色のたてじまだったからです。

「あのうさぎ？」

ルウ子が言ったときには、ブンリルーが追《お》いかけようと駆《か》けだしており、ルウ子もあわててそれにつづきました。走りながら、ルウ子は思いきりまゆを八の字にしていました。

（もう。王国の物語を完成させなきゃいけないのに、なんだっていつも、こんなことになるんだろう）

布《ぬの》と布《ぬの》のすきまをくぐるとき、鼻のおくにとてもなつかしいにおいを感じた気がしましたが、なんのにおいかを思いだす前に、消えてしまいました。

迷路《めいろ》のような布地《ぬのじ》のあいだをくぐりぬけ、進みます。ブンリルーの帽子《ぼうし》もスカートも、白と黒のしま模様《もよう》なので、うっかりすると際限《さいげん》なくつづく布地《ぬのじ》のたてじまの中に、まぎれこんでしまいそうです。

肩《かた》ではずむブンリルーの三つ編《あ》みのむこうに、ルウ子は白い生きものを一瞬《いっしゅん》見ました。が、それは、あのふわふわしたうさぎではありません。やたらに大きな鼻と耳、手足は太く、服も着ているようすです。――あれは、人でしょうか？

けれどもそれはまたたくまのことで、すぐにルウ子の視界《しかい》は、さまざまな色のたてじま模様《もよう》にうめつくされてしまいました。

白と金、砂《すな》色とエメラルド、タマゴ色と桃色《ももいろ》、むらさきと真珠色《しんじゅいろ》。

無限《むげん》につづくかと思われるしま模様《もよう》は、けれど、とうとつにとぎれました。

ブンリルーが止まってうでをひろげていてくれなかったら、ルウ子はそのままつっきってしまっていたでしょう。いきなり開けた視界《しかい》に、目がくらみます。しま模様《もよう》の残像《ざんぞう》がこびりついていて、白熱して見える空を無数に切りわけました。いきおいあまったホシ丸くんが、ルウ子の頭から飛びたって、高くさえずりながら崖《がけ》の上を飛びまわりました。

そうです、足の先で地面はふっつりととぎれて、ルウ子たちの行《ゆ》く手は、巨大《きょだい》な地面のさけ目、崖《がけ》になっているのでした。ごうごうとうなっているのは、水の音です。崖《がけ》の下から、こまかく砕《くだ》けた水のつぶが、雲のように立ちのぼってルウ子たちのひざやまつ毛にまといつきました。慎重《しんちょう》にのぞきこむと、岩壁《がんぺき》のあちらこちらから水が吹《ふ》きだし、滝《たき》になっています。崖《がけ》のこちらからも、遠いむこう岸からも水は吹《ふ》きだし、たがいちがいにおりかさなって、荒々《あらあら》しいのに非常《ひじょう》に繊細《せんさい》な、レース模《も》様《よう》を織《お》りなしています。

「ここが、サーカスなの……？」

もしそうだとしたら、ルウ子の思いえがくものとは、ずいぶんとちがいます。テ

ントも、舞台《ぶたい》も、客席もなく、だだっぴろい岩場が、見わたすかぎり太陽の光にあぶられているのです。風が吹《ふ》くたび、背後《はいご》に、いまくぐってきた布地《ぬのじ》の迷路《めいろ》のはためく音がしています。ふりむくと、布地《ぬのじ》の迷路《めいろ》は垂《た》れ幕《まく》の一群《いちぐん》となって、天井もない空からつるされています。それにつながる建物《たてもの》も通路もありません。

そして視線《しせん》を前へ転じると、岩場のはるかむこう、地面のさけ目のはてに、うずまき模様《もよう》のすじをまとった小山があり、それが日の光に、やたらとまばゆくかがやいているのでした。

「あそこだ！」

ホシ丸くんがさけびました。

崖《がけ》になった地面のさけ目のとちゅう、滝《たき》の水が交差する空中に、白い影《かげ》が立っていました。サラよりも背《せ》が低く、ずんぐりとした影《かげ》です。どんな顔をしているのか、見さだめようと目をこらしますが、遠すぎてよく見えません。それに、水煙《みずけむり》がむこうのすがたをぼやけさせているのです。

たったの一瞬《いっしゅん》で移動《いどう》してしまったことにおどろいて、空を飛んだのかと思ったルウ子は、それがまちがいなのだとすぐ気づきました。あの白い何者かは、空中に張《は》りわたされた細いロープの上に立っているのです。

「おーい、待ってったら！」

崖《がけ》のふちから呼《よ》ばわって、ホシ丸くんがはばたきました。ルウ子の頭からはなれると同時に、男の子のすがたへ変身し、服の背中《せなか》から翼《つばさ》をひろげて飛翔《ひしょう》します。小鳥のままでは軽すぎて、水しぶきに巻《ま》きこまれてしまうかもしれませんから。

「ホシ丸くん！」

のぞきこんだ瞬間《しゅんかん》、足もとがすべりました。おみやげ屋の床《ゆか》も、もちろんそこへいたるまでの水の中もぬれていて、ルウ子の長靴《ながぐつ》の底は、たいへんすべりやすくなっていたのです。

悲鳴《ひめい》をあげて、ルウ子は下へ落ちました。

「ルウ子、書いて！」

ブンリルーが、空気をさわがす水音に負けない声音《こわね》を張《は》りあげます。その目は、ルウ子が持つ蝶《ちょう》ちょの形のノートを見ていました。

ルウ子は落っこちながら——自分でも、どうしてそんなことができたのかわからないのですが——ポケットからペンをとりだし、蝶《ちょう》ちょの形のノートを開いて、ペンのインクが何色かもたしかめないまま、書きました。

『おちる』

ふうと、背中《せなか》に空気の感触《かんしょく》がありました。空気がふれる感触《かんしょく》ではなく、空気をつかもうとする感覚です。

背中《せなか》のなにかが風をつかんで、ルウ子は浮《う》いていました。コウモリガッパも着ていないのに——ルウ子の背中《せなか》には、翼《つばさ》があります。青く発光する、それは蝶《ちょう》の翅《はね》でした。右に左に、自分の背中《せなか》をふりむいてみると、ルウ子のお気に入りのうす緑のレインコートの、ちょうど背骨《せぼね》の両わきに、くっついてしまうのではなく空気をはさんでよりそって、二対《つい》のあざやかな蝶《ちょう》の翅《はね》があるのです。

その薄《うす》い翅《はね》が、思いがけず強い力で、ルウ子の体を持ちあげます。

ノートとペンをかまえたまま、ルウ子はそのまま、ふくざつに交差する幾条《いくじょう》もの滝《たき》のただ中へ舞《ま》いこみました。

ルウ子は目をしばたたきます。たよりなく浮《う》かびながら、上にいるブンリルーにさけびました。

「だけど、サーカスについて書くように、って」

「ここは、もうサーカスの中よ」

ブンリルーが崖《がけ》のとちゅうの、滝《たき》の水が交差する一点を指さします。水のレースと、水煙《みずけむり》でよく見えませんが、きらきらと光るすじがあるらしいのはわかります。

……それはどうやら、崖《がけ》のこちらからあちらへとわたされた、無数《むすう》のロープでした。あれは、綱渡《つなわた》りのロープです。

あのずんぐりとした何者かが、ロープ伝《づた》いにどんどん逃《に》げてゆくらしいのです。ピューイ、と口笛《くちぶえ》の音が鳴りひびいて、見ればホシ丸くんが滝《たき》の交差する空間を、青い翼《つばさ》をひろげて飛んでいるのがむこうに見えました。

「……わかった」

ルウ子は、気ままインクのペンをもういちどかまえました。透明《とうめい》なペンの軸《じく》に、つる草模様《もよう》を描《えが》きながら、インクが満《み》ちてゆきます。ルウ子の書こうとしているものや、浮《う》かんでいるアイディアにあわせて、ペンに満《み》ちるインクはそのときどきでかわるのです。

ルウ子はうす雲色の文字で、とにかく目にうつるものを書きました。

『銀紙みたいな空。木もない。たきの水だけ動いてる。』

背中《せなか》の蝶《ちょう》の翅《はね》がはばたき、ルウ子は前進をはじめました。銀のロープにも落ちてくる滝《たき》にもぶつからないよう、ホシ丸くんのあとを追《お》いかけます。崖《がけ》の上を走るブンリルーのすがたが、ちらりと見えました。

『つなわたりの芸人《げいにん》がにげた？　海の中から、やってきたのは岩場。しまもようの迷路《めいろ》をぬけて。これがサーカスなら、ひろすぎる……』

ルウ子が書くのにあわせて、空気をつかむぞくぞくとする感じがたしかに背中《せなか》にやどり、はばたきの手ごたえが強くなります。宙《ちゅう》を舞《ま》い飛びながら、はっきりとなにを書くかも決めずにペンを動かすので、文字はぐらぐらと、線も大きさも不安定になりました。

『このサーカスは、テントの入り口をくぐると外へでてしまう。世界じゅうがサーカスになってしまったみたいに。』

「ホシ丸くん！」

上から、ブンリルーが大声でさけびます。

「ジャンプするから、つかまえて」

ちっともあわてることなくそう伝えると、ブンリルーはおどろくべきことに、自分で崖《がけ》から飛びおりたのです。

ルウ子は思わず、かん高い悲鳴《ひめい》をあげました――だって、ブンリルーは、飛べないのですから。ホシ丸くんがヒュッと息を飲み、風切り羽をたくみにあやつって、するどく方向転換《ほうこうてんかん》します。猛《もう》スピードではばたいて、つぎの空気をとらえ、まっさかさまに落ちてゆくブンリルーに手をのばしました。ルウ子はおそろしさに、ただノートとペンを抱《だ》きしめていることしかできません。

と――

「ルウ子、書くのをやめちゃだめよ！」

落っこちながら、ブンリルーが声を張《は》りあげました。ルウ子の背中《せなか》にやどっていたはずの蝶《ちょう》の翅《はね》は薄《うす》れ、ルウ子の体もまた、落下をはじめていたのです。

おなかの中身が、好きほうだいに浮《う》きあがろうとします。もう、息をすうことさえできません。

（どうしよう。いま落っこちたら、ウキシマさんの物語が完成しない……）

ルウ子はぎゅっと目をつむりました。目をつむったまま、手がひとりでに動いていました。なんどもなんども、王国の物語のためにペンを走らせたので、その動作は、もうルウ子の手に組みこまれていたのです。

『書く、書く、書く』

ほかの言葉は、もうなにも思いつきませんでした。

それでもどうにか、軽やかだけれど、力強いはばたきで、ルウ子の体はふたたび持ちあがりました。消えかかった蝶《ちょう》の翅《はね》が、背中《せなか》によみがえっています。ハタハタと、ルウ子を大きく上下させながら、翅《はね》はみごとブンリルーをつかまえたホシ丸くんのほうへむかって、飛んでゆきます。

「もっと書いて。曲芸師《きょくげいし》の言ったとおりに、ずっと書いていないと、その翅《はね》は消えちゃうんだわ」

ホシ丸くんにうしろからかかえられ、宙《ちゅう》づりになったブンリルーが言いました。

「ずっと?」

なげきながら、ルウ子は同時に、『まさか』と文字を書いていました。

「さあ、はやくやつを追《お》っかけようよ」

ホシ丸くんが、じれったそうにうったえます。

「見えるだろ? 崖《がけ》のあっちとこっちを、いっぱいロープがつないでるんだ。あいつ、ロープの上をするする走っていっちゃうんだぜ。ぜったいにサーカスの軽業師《かるわざし》だよ」

『……滝《たき》のレースのあちこちに、虹《にじ》がかかっている。雨のあとの虹《にじ》じゃないから、あれは、日がかたむくまでずっと消えない虹《にじ》だ。かるわざ師《し》は、みごとな身のこなしでにげてゆく。』

ルウ子はノートに書きつづけます。

『虹《にじ》と、光るロープと滝《たき》。とてもきれいなのに、お客がこない。……岩のさけ目のむこうに見えた山は、巨大《きょだい》なアンモナイトだろうか？』

「さあ、行くよ。でも、ぼくひとりで追《お》っかけたほうが、よくないかい？　ブンリルーが、すっごく重いんだもん」

「うるさいわね。またいつ知らない場所に迷《まよ》いこむか、わからないでしょ。ばらばらになったら、迷子《まいご》になるわ」

「そりゃそうだけど、あそこで待っててくれたってよかったのに。ブンリルーもルウ子みたいに、なにか飛ぶための道具を手に入れるべきだと思うな」

「いいから、ちゃんとつかまえてて。文句《もんく》ばかり言ってると、こんどバクに食べさせちゃうわよ」

ルウ子は蝶《ちょう》の翅《はね》でふらふら飛びながら、言いあいをするふたりをいさめました。

「そんなことで、けんかしないで。――でも、上で待ってるほうがいいと、あたしも思うんだけど……この翅《はね》、すごく飛びにくいの！」

コウモリガッパの、かみつくように空気をつかむ感じとは、まるでちがいます。蝶《ちょう》ちょの翅《はね》は、空気中にある、とらえようのない重力《じゅうりょく》と気流のうねりからうねりへ、一瞬《いっしゅん》ごとに飛びうつるようにして飛ぶのです。おまけに、飛びながらずっと書いていなくてはいけないいなんて、長くはつづきっこありません。

「だけど、ルウ子のレインコートの色には、ぴったりだよ。――いた、あそこだ！

おーい、待ってよ。ぼくたち、サーカスのことを聞きたいんだ」

前方に、滝《たき》のしぶきに見えかくれしながら、白い影《かげ》が動いています。ホシ丸くんの言ったとおりでした。

『かるわざ師《し》は、銀のロープの上でふりむいた。ひどく、こわがってる。大きな鼻と耳……ううん、鼻は、大きいんじゃなくて長い。しっぽはひょろりと細い。二本足でロープの上に立っている、あれは、こどものゾウだ。つまり……』

「——追《お》いついた！」

とうとうホシ丸くんが、逃《に》げる者の前へまわりこみました。滝《たき》の一本をつっきったので、かかえているブンリルーまで、一瞬《いっしゅん》でずぶぬれになっています。

ピイ、とヒナ鳥のような声をあげて、子ゾウはまだ細い鼻をくるくるっと巻《ま》きこみました。

「きみ、サーカスの軽業師《かるわざし》だろ？　ひょっとして、団長《だんちょう》なの？　ぼくたち、サーカスに迷《まよ》いこんじゃってるんだ。お客が来ないのは、どこかに大きなほころびがあるせいじゃないかって。それをさがして、なおしてほしいってたのまれたんだよ」

『ちいさなゾウは、すっかりおびえてだまっている。滝《たき》のしぶきに、たくさんの虹《にじ》と銀のロープがきらきらして。きれいな場所を、すいすい走っていたのに、子ゾウはしょげて、おどおどして、返事がない。

サーカスは、テントの中にあるのじゃなく、そとにむけてひろがっている。ほころびを見つけることなんて、できるんだろうか?』

子ゾウは、話しかけるホシ丸くんをますます警戒《けいかい》して、蝶《ちょう》の翅《はね》にた耳を、ピタリとうしろへたおしてしまいました。ずんぐりとまるみのある体に、白に近い灰色《はいいろ》のえんび服をまとい、身なりはずいぶんとりっぱに見えます。

「……ぼ、ぼくは……」

泣きだしそうにふるえる声が、しぶきをあげて落ちる水の音に、ほとんどかき消されてしまいます。子ゾウは、両うでの先にブンリルーをぶらさげたホシ丸くんに、うんと小さな声で言いました。

「ぼくは、ほころびをなおしてほしいんじゃありません。ぼくは、道化師《どうけし》を追《お》いかけて……」

しかし、その先は聞きとることができませんでした。子ゾウが、「ひっく」と肩《かた》をふるわせてしゃっくりをし、その瞬間《しゅんかん》、なにもないはずの空間から、白いうさぎが出現《しゅつげん》したのです。

それはもちろん、あのなぞめいたうさぎで、くるりと空中で体をまるめて回転すると、子ゾウの頭の上に着地しました。

「おやおや、こちらは、上演中《じょうえんちゅう》の舞台《ぶたい》ではございませんよ。チケットはお持ちですね？　本にはさまっていますよ。それではお客さまがた、どうぞあちらへ」

子ゾウの頭の上で、うさぎは、うやうやしくおじぎをしました。そうして、白い綿《わた》にくるまれたような手で、谷の先——上から、たしかにかわった形の山が見えた方角——をさししめしました。

パチンとシャボン玉のはぜるよりもあっけなく、子ゾウとうさぎのすがたは、かき消えていました。あとには滝《たき》の音色と、幾条《いくじょう》もの銀のロープと、消えずにいる虹《にじ》ばかりがのこりました。

十三　谷底を行く

長靴《ながぐつ》ごしにふれる水がつめたく、ルウ子はいそいで岩場へ逃《に》げました。ブンリルーも、本がぬれないように服のおなかのところへかくしながら、岩へあがってきます。
「……とにかく、シッチャカ・メッチャカの言ったとおり、上演中《じょうえんちゅう》の舞台《ぶたい》まで行ってみるしかないわね」
ブンリルーが、しま模様《もよう》の帽子《ぼうし》から、あの鏡《かがみ》の色をしたチケットを出しました。ルウ子もホシ丸くんも、それぞれポケットから、みやげもの屋の曲芸師《きょくげいし》にもらったチケットをとりだしました。
どこか気味の悪さを感じながら、ルウ子はチケットのおもてを見つめ（まゆをよせた自分の顔がうつっています）、またレインコートのポケットにつっこみました。

「あのうさぎめ、ぼくは軽業師《かるわざし》に、綱渡《つなわた》りのこつを聞こうと思ってたのに」

「綱渡《つなわた》りの？　聞かなきゃならなかったのは、サーカスのことでしょ？」

顔をしかめるルウ子をなだめるようにすこし前へ出て、ブンリルーがホシ丸くんとむきあいました。

「あの小さいゾウは軽業師《かるわざし》じゃなくって、団長《だんちょう》でしょう？　サーカスの団長《だんちょう》はゾウなんだって、曲芸師《きょくげいし》が言ってたもの」

「だけど、みんながいろんな役割《やくわり》をうけもっているんだとも言ってたよ。——けど、とにもかくにも、ぼくらは、サーカスを見てまわればいいってことだよね」

ホシ丸くんが、頭上にかざしたチケットに日光を、あるいは虹《にじ》を反射《はんしゃ》させてながめます。

「でも、いったいどうして？　このサーカスは、なぜよりにもよって、あたしたちにそんなことをさせようとするの？　ううん、サーカスが、じゃないわ。あの子ゾウは、ほころびをなおしてほしくないって言ってた……」

ルウ子はますます顔をしかめます。こんなところで、ルウ子たちはまたしても、迷子《まいご》になりかけているのです……ほんとうにしなくてはならないのは、王国の物語を完成させることだというのに。それに——

（……サラは、だいじょうぶよね）

照々美《てるてるみ》さんの庭には、舞々子《まいまいこ》さんもいっしょにいるのです。……ひょっとするとサラは、庭仕事の手伝いがおわったあと、お店へ照々美《てるてるみ》さんをつれてくるかもしれません。舞々子《まいまいこ》さんといっしょに、完成したケーキをはこんで。

「あたしたち、はやくお店へ帰らなきゃ。こんなサーカスに、かんけいなんてないんだもの」

ところがブンリルーが、ふしぎそうにルウ子に目をむけました。

「ルウ子が、サーカスをつれてきたんでしょう？」

「あたしが？　まさか！」

ルウ子は目をまんまるにします。ブンリルーの目つきが、かすかにするどくなりました。

「だって、サーカスは、すきまの世界にもともといたんじゃないわよ、きっと。あたしを呼《よ》びにほっぽり森へ来るとちゅうで、おかしなことが起こったんでしょ？　さいしょからすきまの世界にいたのなら、ルウ子がほっぽり森に行こうとするのを邪魔《じゃま》なんてしないでしょう」

無数に張《は》りめぐらされた銀のロープが、滝《たき》の水につま弾《び》かれ、谷間ぜんたいに音色を鳴りわたらせます。あとほんのすこし、音がくわわれば――または、調子がつながれば――それはひとつながりの、音楽になりそうでした。

「それは……そうかもしれないけど。だけどあたし、ほんとに知らない。こんなサーカスのことを書いた本も読まないし、自分で夢見たことだってないわ。ほんとのサーカスを見に行ったことだって。――あたし、ずっと王国のことで頭がいっぱいだったんだもの」

そう言って、ルウ子は自分の言葉にはっとしました。

「ひょっとして、またべつのだれかの想像《そうぞう》が、氾濫《はんらん》を起こしてるの?」

ブンリルーも、ホシ丸くんも、そのとおりだとも、そんなわけはないとも判《はん》じられず、口をすぼめて顔を見あわせました。

「とにかく、上から見えた山のところへ行ってみようよ。なにかヒントはあるはずだよ。このサーカスをなおすか、それとも、ここから出るための」

ホシ丸くんが、うさぎの前足がしめしたほうを指さしました。たしかにそのとおりであり、そして同時に、ホシ丸くんの声は、おさえようもなくうきうきしているのでした。――きっとホシ丸くんは、ルウ子と同じく、ほんもののサーカスを見たことがないにちがいありません。


さえざえとつめたい水のふちを、岩をのぼったりくぼみをとびこえたりしながら、ルウ子たちは進みました。なにしろ、頭上からはたえまなく莫大《ばくだい》な量の水が降《ふ》りしきるので、みんなあっというまに、髪《かみ》も顔もぬれてしまいました。

小鳥のすがたにもどらずに、先頭を行くホシ丸くんは、探検隊《たんけんたい》の隊長《たいちょう》のようです。日はまだかたむかず、ルウ子たちの上には、消えない虹《にじ》が幾層《いくそう》にも光をかさねています。天上からそそぐ明るさが、透《す》きとおった結晶《けっしょう》になって浮《う》かんでいるさまに、ルウ子は見とれずにはいられません。

「遠いなあ。歩いていったら、日が暮《く》れちゃうよ。やっぱり、飛んだほうがいいと思うな」

ぐちをこぼすホシ丸くんを、岩をよじのぼりながら、ブンリルーがにらみました。

「文句《もんく》を言うなら、あとどれくらいか、ひとっ飛びして見てきたらどう？」

チュン！ と荒《あら》っぽく鳴いて小鳥になり、ホシ丸くんは崖《がけ》の上まではばたいて、のこりの距離《きょり》をたしかめてきました。着地する寸前《すんぜん》に人間のすがたになって、かぶりをふります。

「ルウ子、もういちどそのノートをつかいなよ。飛ばなきゃ、いつまでたってもたどり着かないよ。ブンリルーは、ぼくがつれて飛ぶからさ。……重いから、長くは無理だけど」

ルウ子はけれども、すなおにうなずくことができません。蝶《ちょう》のノートの表紙にこまかなしぶきが降《ふ》りかかりつづけ、それは雨を浴《あ》びてしとしとふるえる、ほんものの生きた蝶《ちょう》の翅《はね》に見えました。

……さっき、これをつかって飛んだときのことを思いだすと、胸《むね》の底が、きゅうっとこわばりました。

「無理よ。飛びながらじゃ、ほら、まともに文字なんて書けないもの」

気ままインクのペンを走らせたページを開いて、ホシ丸くんにむけます。幽霊《ゆうれい》のくねくね流の文字よりひどい、読みようもわからない乱《みだ》れた線が、紙の上ででたらめにのたくっていました。

「たしかに、上手じゃないね」

ノートの文字をたてに見たり、体をかたむけて横に見たりしながら、ホシ丸くんはむずかしい顔をしました。ほんの小さなため息をつくと、きびすをかえして、また歩きだします。ついてゆきながら、ルウ子はきゅうにはずかしさがこみあげてきて、ノートを力いっぱいにぎりしめました。

「だって——このサーカスのことなんて、ちっとも知らないのよ。これじゃあ、書きようがないじゃない。それに、お話のすじも考えないで書くだなんて、できっこないもの」

滝《たき》の水の落ちてくる音が、どう、どう、と強まって感じられます。

ホシ丸くんは大きな岩にするするとはいのぼって、ルウ子とブンリルーがついてこられるか、ふりむいてたしかめました。

「すじ、だって？　物語がどうなって、どんなふうにおわるのか、先に決めちゃうってこと？」

ルウ子はうなずきました。王国の物語に幽霊《ゆうれい》といっしょにとりくみはじめて、ルウ子はそもそもの物語の書き方を、勉強しようとしたのです。まずは材料を集めて、レシピをつくっておいて、順番に手を動かして、完成させるのです——お料理するのと同じに。

「はじめっからどうなるのかわかってるなんて、まるで、安全な旅行じゃないか。よくって、探検隊《たんけんたい》だな。すくなくとも、冒険家《ぼうけんか》のすることじゃない」

ルウ子は、水の音が、自分の動作もさっき言った言葉も、みんなかき消してくれるといいのに、と思いました。ブンリルーがルウ子を追《お》いこして、ホシ丸くんの立つ岩にしがみつきます。

「あんたは、本なんて読まないくせに。歩いたり飛んだりして出発する冒険《ぼうけん》とは、わけがちがうのよ」

「そうかなあ。たしかにぼくは、じっとして本を読んだりなんか、しないけれどさ。どっちにしろ、どこへたどり着くかわかっていなきゃ、出発できないなんて、とんでもなく臆病《おくびょう》だよ」

ルウ子はもう、なにも言わずに、蝶《ちょう》のノートを無理やりレインコートのポケットにおしこむと、長靴《ながぐつ》の底をすべらせながら、岩をよじのぼりました。ホシ丸くんが手をのばして、ルウ子ののぼるのを手伝おうとしてくれましたが、目の前のごつごつした岩だけを見つめ、ルウ子はひとりでのぼりました。

あとはもう、みんなだまって、谷底の、道とは呼《よ》べない道を進みつづけたのです。

十四　アンモナイトの夜

いったい、どれほど歩いたでしょう。

ルウ子たちは、崖《がけ》の上の空が思慮深《しりょぶか》そうな青に色をうつろわせてゆくのを、幾条《いくじょう》もの滝《たき》のしぶきに照りはえる虹《にじ》が音もなく消えてゆくのを、目撃《もくげき》しました。

もう、夕暮《ゆうぐ》れにさしかかっているのです。谷底があっというまに暗くなってゆくのとは反対に、前方の崖《がけ》の上が、燦然《さんぜん》といっていいほど明るくなります。どうやら、あかあかとした照明がいっせいにともったらしいのでした。

「見て」

ブンリルーが指さしました。歩きとおして息があがり、まっすぐのばしたうでも指も、肩《かた》にあわせて動きます。

そこは崖《がけ》のおわりで、垂直《すいちょく》に切り立つ岩に、上へあがるための階段《かいだん》が刻《きざ》まれていました。

ホシ丸くんが小鳥のすがたになって、先に上のようすを偵察《ていさつ》に行きます。青い小鳥はすぐはばたきもどってくると、くるくる首をかしげながら、ルウ子の頭の上にとまりました。

「はやくのぼろう！　おいしそうなにおいがするよ。ぼく、もうおなかがペコペコだ」

うながされて、ルウ子たちは岩壁《がんぺき》にうがたれた階段《かいだん》をのぼってゆきました。手すりもなく、足場はせまく、おまけにルウ子たちの長靴《ながぐつ》の底はぬれています。ルウ子とブンリルーは、おたがいに落っこちないようたしかめあいながら、それでもできるかぎりにいそいで、上をめざしました。

もう崖《がけ》の上の空は、深《ふか》い藍色《あいいろ》にそまっています。夜です。夜の訪《おとず》れるのと同時に、背後《はいご》でずっとやむことのなかった水の音が、とだえました。

岩肌《いわはだ》からふきだしていた数えきれない滝《たき》の水が、いっせいに止まったのです。まるでだれかが、蛇口《じゃぐち》の栓《せん》を閉《し》めたかのようでした。銀のロープをふるわせる力はなくなり、にぎやかだった谷間は、はやくも眠《ねむ》りについてしまいました。

そのかわりに、しだいに近づく崖《がけ》の上の光が、いっそうかがやきを強くしました。ホシ丸くんの言ったとおり、甘《あま》くあたたかそうなかおりが、鼻に感じられます。

「わあ……」

階段《かいだん》をやっとのぼりきって、あふれる光の源《みなもと》を前にしたとたん、ルウ子は感嘆《かんたん》の声を発したきり、立ちつくしてしまいました。となりに立つブンリルーも、同じようなありさまです。

目の前にそびえ、入り組んでひろがるのは、街《まち》なのでした。たんなる街《まち》でないことは、静かな花火のような金の照明があらゆる建物から発せられていることからも明らかです。サーカスの入り口をくぐって、遠くから見たときには、たしかにこんもりとまるい丘《おか》か山に思われたのに、たどり着いてみるとそこは、さまざまな高さの建築物《けんちくぶつ》の集まりなのです。

そしてその建物のすべてが、つみあげられた化石《かせき》と、はめこまれた水槽《すいそう》でできています。黄金の化石を組みあわせてできた建物は、いわば巨大《きょだい》な棚《たな》になっていて、むだなところひとつない水槽《すいそう》には生きものの影《かげ》があります。

「これ、アノマロカリスかな？　すごい、こっちは鎧《よろい》を着た魚だよ。アンモナイトがほとんどだね」

ためらわずにふみこんで、ホシ丸くんが水槽《すいそう》から水槽《すいそう》へと中をのぞいてまわります。まるでここは、古代《こだい》生物の水族館です。

「――本がある！」

息を飲むようにさけんだのは、ブンリルーでした。化石《かせき》のすきまの細いくぼみに、たしかに本の背表紙《せびょうし》があります。まわりの化石《かせき》と同じ深い金色の本は、ちゃんと手にとることができました。古い世代の生きものたちといっしょに、うつくしい装丁《そうてい》の本がひっそりとならんでいます……あちらにも、そこにも。

路地《ろじ》の段差《だんさ》も、高くそびえる塔《とう》も、みんな化石《かせき》でできていて、どの階層《かいそう》にも水槽《すいそう》がはめこまれ、中では生きものがそれぞれに動いています。ブンリルーの目には、しかし、めずらしい生きものたちはもううつっておらず、ふたつの目玉は、ぬきとった本を読むためだけにつかわれていました。

「……だれかいるのかしら？」

ルウ子は立ちつくしながらも、街《まち》（これを街《まち》と呼《よ》ぶのかどうか、もはやさだかではありませんが）のあちこちへ、視線《しせん》を走らせました。水槽《すいそう》には生きものがたくさんいますが、人通りは見えず、おごそかなほど静かであることはたしかです。

「とにかく、おくへ行ってみよう。うさぎが上演中《じょうえんちゅう》だって言ったんだから、だれかはいるにちがいないよ」

頭の上でホシ丸くんがパタパタと翼《つばさ》を動かします。

黄金の花がしっとりと咲《さ》くように、化石《かせき》が光をはなっています。水槽《すいそう》の生きものたちは透明《とうめい》な尾をゆらしたり、ガラスのかべをはいまわったり、五つある目をじっと夜空にむけたりと、気ままに動きまわっています。入り組んだ通路のいたるところにすきまがもうけられ、同じ装丁《そうてい》の本がおさまっています。

「……だけど、いったいこれのどこが、サーカスなの？」

ルウ子は、しぜんとヒソヒソ声になって、つぶやきました。

ブンリルーはまったく魂《たましい》をどこかへやってしまったように、ふらふらと歩いています。やっと読める本にありつけて、きっとサーカスのことなんて頭から消しとんでしまっているにちがいありません。

ひしめいて発光する化石《かせき》たちのおくから、甘《あま》さと塩気の混《ま》じったにおいがただよってきます。それは、ホシ丸くんの好きなキャラメルチップスのにおいにちがいないと、ルウ子は確信《かくしん》しました。

おいしいお菓子《かし》のにおいのするほうへ、どこかへさまよってゆきそうになるブンリルーのひじをつかんで、足をむけます。と――においといっしょに、なにやら声が聞こえてきて、頭の上のホシ丸くんが、ふっと羽毛をふくらませました。

「ウー、ウィック！　どうやらどれもが、千年前の本ばかり。なんとも妙《たえ》なる醸造《じょうぞう》かげんであーる！」

夢見ごこちのしゃっくりをしながら、うたうようにしゃべっている声がします。

ルウ子は目をみはって思わず立ち止まり、頭にのっているホシ丸くんを見あげようとしました。

「ねえ、あれって……」

きっとホシ丸くんも、ルウ子と同じ気持ちでいるのでしょう。返事はありません。

「ウィック、ヒック。星の古参者《こさんしゃ》たちの、まことに静かな宴《うたげ》の場！　幸運にもここへ迷《まよ》いこんだからには、ヒック、夜を徹《てっ》して、酔《よ》いしれるのみ。書にひたり、読みあさるのである、ヒック！」

ルウ子はこわごわ、ねじれたツノをたばねた柱のかげから、そうっとむこうをのぞき見ました。

すると、そこには、思ったとおり——街《まち》のいろんな場所から集めてきたらしい本をつみあげ、ページをめくって読みふける者のすがたがありました。

街《まち》のおくは、巨大《きょだい》なひとつの巻《ま》き貝《がい》の化石《かせき》をそのまま地面にした、円形の広場になっています。その中央にいる影《かげ》が、うれしくてたまらないというようすで、長い尾をくねらせています。枝《えだ》わかれしたツノをいただき、ずらりとならぶ牙《きば》もあらわな、頭《ず》がい骨《こつ》。首長竜《くびながりゅう》のそれと同じにくねる首の骨《ほね》と、それにつながる背骨《せぼね》、むきだしのあばら骨《ぼね》。頑丈《がんじょう》な手足も、長いしっぽの先までも、すべてが骨《ほね》で、けれども死んでいるわけでも、化石《かせき》になっているわけでもありません。

あっとホシ丸くんがさけんだのは、夢中《むちゅう》で本を読む骨《ほね》だけの恐竜《きょうりゅう》のそばに、おいしいにおいのする屋台のワゴンがあったからでした。売り子のすがたはありません。けれど屋台には、溶《と》かして薄《うす》くのばしたキャラメルに、こうばしい塩をまぶしたキャラメルチップスがパラフィン紙の袋《ふくろ》に入ってならび、ソーダ水のボトルがコップへ中身をそそがれるのを待っているのも見えました。

「やあ、ミスター・ヨンダクレ！」

大胆《だいたん》にもホシ丸くんが飛びだしていったのは、もちろん一刻《いっこく》もはやくお気に入り

のお菓子《かし》を食べたかったため、そして、おそろしいすがたをした骨《ほね》ばかりの竜《りゅう》が（すくなくとも、いまは）こわい存在《そんざい》ではないと知っているためでした。

「ヒャアック！」

とうに目玉のうしなわれたふたつの暗い顔の穴《あな》を、骨《ほね》の竜《りゅう》――ミステリアサウラのミスター・ヨンダクレは、首ごときょろきょろとあちこちへめぐらせました。

「その声は、聞いたことがあるのであーる！　いかにもいかにも、わたくしを救《すく》った古本屋、そこにいた、はばたき鳥の声ではあるまいか？」

「そう、ぼく、ここだよ！　ルウ子たちもいっしょにいるよ」

ホシ丸くんが、竜《りゅう》の頭《ず》がい骨《こつ》のまわりを飛びまわりながら、ルウ子とブンリルーのいるほうへくちばしをむけました。ルウ子は、まだ本に視線《しせん》を落としたままのブンリルーの手をひき、ミスター・ヨンダクレの前へ進みでました。

「え、ええと、ひさしぶり。ミスター・ヨンダクレ、元気だった？」

あらわれたルウ子のすがたをみとめると、骨《ほね》の竜《りゅう》ミスター・ヨンダクレは、ひときわ盛大《せいだい》なしゃっくりをしました。

「おお！　これは、いかなる奇縁《きえん》か、めぐりあわせの運命か。ここにいるのは、〈雨ふる本屋〉の雨ふらしではなーいか！」

骨《ほね》の竜《りゅう》の高らかにさけぶ声が、黄金の化石《かせき》の街《まち》にひびきわたりますが、その残響《ざんきょう》が消え入ると、あとはただ、しんとして、ほかにはだれもいないのでした。

「見るのである、くしくもこの再会《さいかい》の真上に、アンモナイトの月がのぼったのであーる！」

ミスター・ヨンダクレが、頭上をあおいでほえました。つられてルウ子たちも上をむくと、広場の上に、ごつごつとした巻《ま》き貝《がい》の形の満月が、錆《さ》びかかった金色の光をともなってのぼってくるところでした。だれが、あの月をあやつっているのでしょう？　巨大《きょだい》なアンモナイトは、広場の真上へただよってくると、そこにとどまっておごそかにかがやきつづけました。

「ねえ、ここは、サーカスの中なんじゃないの？　ぼくら、ここなら上演中《じょうえんちゅう》だって言われてきたんだけど」

せわしなくさえずりながら、ホシ丸くんはもう、屋台のワゴンに飛んでいって、あろうことか、お店のお菓子《かし》をついばみはじめてしまいました。

「ホシ丸くん！　だめよ、お店の人がいないのに」

ルウ子がさけぶと、ぐっと高く首の骨《ほね》をのばして、ミスター・ヨンダクレが頭をふりました。

「たぶん、心配は無用である。わたくしは、ただならぬ本のにおいにさそわれてここへ来たのであるが、ここにいたきばつな衣裳《いしょう》の者たちも、屋台の売り子も、みな逃《に》げてしまったのである。そのときに、屋台の売り子が、『お菓子《かし》はいくらでもどうぞ、でもわたしたちを食べないで』とさけんでいたのであるからして、そのお菓《か》子《し》は自由に食《しょく》してよいはずである！　まあ、わたくしは骨《ほね》の身であるから、なにも飲み食いはできないが――ヒイック」

ミスター・ヨンダクレはそう言って、お菓子《かし》をむさぼるホシ丸くんを満足げにながめ、ルウ子のほうへ首をさしのべました。

「〈雨ふる本屋〉の雨ふらしよ、その後、かの古本屋はどんなようすであるか。気《け》高《だか》い絶滅種《ぜつめつしゅ》の店主は、つつがなく店を営《いとな》んでいるのであろうか」

巻《ま》き貝《がい》の月の下で、目玉のない目に見つめられ、ルウ子は、はいともいいえとも、こたえることができませんでした。ミスター・ヨンダクレの注意が、そのとき、ルウ子がつかまえているブンリルーにむけられました。

「ヒィック！　これは、これは！　小さな生身《なまみ》におさまらぬほどの読書欲《どくしょよく》。わたくしの生きた年月をもかすませるほどの、本の虫だとお見うけするが？」

そういえばブンリルーは、ミスター・ヨンダクレのことを知らないのです。かつてこのミスター・ヨンダクレは、自分のさがしもとめている本を見つけるため、すきまの世界の本屋から本屋、図書館から図書館へとわたり歩いては、気に入らない本を見つけてお店ごと破壊《はかい》してしまうという、おそるべき存在《そんざい》だったのです。

（まあ、でも、もともとこわい存在《そんざい》だったというんなら、ブンリルーだって同じか

もしれないわ)

ルウ子はそう考え、再会《さいかい》のおどろきをおしこめて、あらためてミスター・ヨンダクレにあいさつしました。

「この子は、ブンリルー。あたしたちの友達で、見てのとおり本が大好きなの。ブンリルー、この竜《りゅう》は、ミスター・ヨンダクレ。前に、〈雨ふる本屋〉へ来たことがあるのよ」

それでも視線《しせん》を、手にとった本にむけたままのブンリルーに、ミスター・ヨンダクレが、たしかににやりと笑いました。

「むこうには、古代月面帝国《こだいげつめんていこく》の叙事詩《じょじし》が全巻《ぜんかん》そろっていたのである。あちらには、旧《きゅう》ティトトリー共和国史《きょうわこくし》と、かの国が生んだ偉大《いだい》なうたた寝流哲学者《ねりゅうてつがくしゃ》ダルジリウスの問答書《もんどうしょ》。そちらには、洞窟《どうくつ》から手製《てせい》の住居《じゅうきょ》へうつるあいまの、子どもたちのためのわらべ歌集と残酷無比《ざんこくむひ》なる童話全集。生きのこりの恐竜《きょうりゅう》のための散文詩《さんぶんし》。はじめの鳥の手になる空についての考察《こうさつ》と随筆《ずいひつ》。……そしていま、わたくしの読んでいるのは、ウンブレリカの冒険記《ぼうけんき》であーる」

うたうようなミスター・ヨンダクレの声にさそわれて、あらぬかたをむいていたブンリルーの目が、骨《ほね》の竜《りゅう》の読んでいる本にすいよせられます。ルウ子の手をはなれてヨンダクレのそばへ行くと、いっしょに本をのぞきこみ、となりで読みはじめてしまいました。

「ちょっと、ブンリルー！」

ルウ子が声を高くしても、とっくに聞こえてなんかいません。

「ルウ子は食べないの？」

せっせとキャラメルチップスをついばむホシ丸くんが、屋台からさえずりかけました。小鳥の声の軽やかさが、ルウ子から怒《おこ》る力をつみとってしまいます。

「うん、あとで……」

ほんとうはルウ子もひどく空腹《くうふく》のはずでしたが、なんだか、おなかのすいたことをわすれてしまったのです。

(こんなところで、ヨンダクレに会うなんて思わなかった)

もはやなにもしゃべらないで、大きさだけがずいぶんちがう双子《ふたご》のように、ミスター・ヨンダクレとブンリルーは、ならんで本を読んでいます。こうなっては、どうせ、すくなくとももつぎの章へたどり着くまで止まりません。

ルウ子は長靴《ながぐつ》の足をひきずって、化石《かせき》の街《まち》のはずれまで、ひとりで歩いてゆきました。上空に浮《う》かぶアンモナイトの満月が足もとを照らし、水槽《すいそう》に入れられた生きものたちが、二本足で歩くルウ子をめずらしそうに追《お》いかけようとします。

錆《さ》びかけた金の色、太古《たいこ》の時代からくりかえされるうずの形……大きな月が、ほんものの月が浮《う》かぶはずもない高さから、じっとこちらを見おろしています。

(そうだ、こんなシーンが書きたかったんだ。あたしが書いてる王国の物語の、つづきのシーン……)

月をあおぎながら、打たれるようにそう感じました。無意識《むいしき》に、手がポケットをおさえます。そこには、ルウ子の物語のノートが、しんぼう強く息をひそめています。

まばゆい黄金の化石《かせき》たちや、動きまわる生きものたちから顔をそむけて、外の空気をすいこもうとしたとたん――ルウ子は、あたりの景色がさまがわりしているのを、まのあたりにしたのです。

十五　アンモナイトの夜の夜

深《ふか》いさけ目の走る岩の平原だったそこに、いまは、鏡のように凪《な》いだ水がひろがっているのでした。空には星が配置され、ルウ子の目の前にひろがる水は、化石《かせき》の街《まち》がはなつ光に照らされて、金色に透《す》きとおっていました。

街《まち》の真上へおとずれた巨大《きょだい》なアンモナイトの月が、海の水をひきよせたかのようでした。

どこまでもつづく夜の水面に、チャプン、チャプンと音がひびくのが聞こえてきます。はじめはたいへんかすかに、遠く、けれどもしだいに近づいてくるのが、音の調子からわかります。

規則《きそく》正しく空気を動かすのは、どうやら水をかく音です。それといっしょに、

「……おーい……」

声がとどきました。

声は水の上をわたって、とらえどころのないこだまになり、どの方角から聞こえてくるのかわかりません。

「おーい!」

ルウ子は両手を口の横にそえて、大声をあげました。自分の声は、なんとたよりなく暗闇《くらやみ》にすいこまれてゆくのだろうと思いながら。

「おーい、ここよ!」

もういちどさけんだルウ子の、思いもよらないほど近くで、

「ここだ、ここだ!」

そう言ったのは、まぎれもなくフルホン氏の声でした! しかめっつらのドードー鳥が、ぬっと明かりのとどくところへすがたをあらわします。太いくちばしと満月メガネにおどろいて、ルウ子は思わず、短い悲鳴《ひめい》をあげてしまいました。

「フルホンさん?」

フルホン氏は、白っぽい色をした手漕《てこ》ぎボートにのっています。仰天《ぎょうてん》してかたまっているルウ子を、フルホン氏の目がギロリとにらみました。

「まったく、われわれが製本室《せいほんしつ》にいるすきに、なにをはじめたというのかね。いや、いや、言わなくてけっこう! また、飛んだり駆《か》けまわったりの冒険《ぼうけん》とやらをはじめたのだろう。どうにもきみは、物書きをこころざすにしては、落ちつきがたりないようだ。しかし、よもやこんな事態《じたい》が起こっていようとはね」

フルホン氏が翼《つばさ》でにぎったきゃしゃな櫂《かい》をあやつり、ボートは水の上をこちらへすべってきました。ほかにはだれものっておらず、フルホン氏はひとりだけでここまで来たようです。

「いったい、どうやってここまで来たの? だって――」

質問《しつもん》しようとするルウ子をさえぎって、フルホン氏は翼《つばさ》の下から、きらりと光るものをぬきだしました。ルウ子は、あっと声をあげます。鏡の色をした、それはルウ子たちも持っている、サーカスのチケットです。どうして、フルホン氏が同じものを持っているのでしょう？

「店の中に、こんなものがあったのだ。わたしが読んでいる本のページのあいだにね。きみたちのいたずらか、あるいは行方《ゆくえ》知れずの原因《げんいん》かと思って持ちだしてみたら、ここへ入りこんだというわけだ」

「ねえ、ウキシマさんは？」

たしか、フルホン氏とふたりで、製本室《せいほんしつ》に行っていたはずです。まさか店番をしているのでしょうか？

「きみたちが、いつまでたってももどってこないので、人間の大人には時間がたりなくなってしまったのだ。これをあずかってきたよ」

フルホン氏は岸にボートをよせると、おりて舳先《へさき》をつかまえ、船がゆれないようにささえました。そしてボートの中から、一枚《まい》の紙をとりだしてルウ子にわたしたのです。

折りたたまれた紙を開いてみると、そこには青と灰色《はいいろ》の混《ま》じったインクで、手紙が書かれていました。

『冒険《ぼうけん》に出かけたんだろうと、フルホンさんから聞きました。ほっぽり森までさがしに行ってみたけど、バクしかいなかったから、ほんとうにそうみたいだね。楽器店のことと、週末に甥《おい》っ子と姪《めい》っ子をあずかることになっているので、いちどもどります。気をつけて冒険《ぼうけん》してきてください。またようすを見にきますが、くれぐれも気をつけて。』

ルウ子は細い文字で書かれた手紙を、二度くりかえして読みました。まるで、お母さんが買い物に行く前にのこしてゆくメモみたいです。すきまの世界でこんな手紙を読むことが、ルウ子をなんともちぐはぐな気分にさせました。

「……ウキシマさん、帰っちゃったのね。幽霊《ゆうれい》は？」

「幽霊《ゆうれい》くんなら、店にのこって、必死《ひっし》に執筆中《しっぴつちゅう》だよ」

フルホン氏は白いボートにつながっているロープをひっぱってきて、船をたぐりよせると、化石《かせき》のでこぼこにすばやくもやい結《むす》びにしました。

「まったく、軽はずみな行動は、つつしんでもらいたいものだ！　きみたちばかりか、舞々子《まいまいこ》くんまで、とつぜん店をるすにするなど。妖精《ようせい》たちがいなかったら、わたしは、捜索隊《そうさくたい》を編成《へんせい》せねばならなかったよ——舞々子《まいまいこ》くんのほうは、妖精《ようせい》たちに伝言《でんごん》をのこしていってくれたからよいものの」

ドードー鳥の足が、錆《さ》びた黄金色の地面の上へのっしとふみだしました。太いくちばしが、上空のアンモナイトの月へむけられます。

「それで？　ここは、なんなのかね？」

思いっきり眉間《みけん》にしわをよせながらも、フルホン氏が化石《かせき》と古代《こだい》生物の水槽《すいそう》ででききた街《まち》の荘厳《そうごん》さに心をうばわれているのは明らかでした。

「サーカスなんですって」

ルウ子は言いましたが、言ったそばから自信がなくなります。フルホン氏が来たことにほっとし、なにから話してよいのやら、わからなくなってしまいました。

「サーカス、と？　どうも、それらしくは見えないが……」

フルホン氏が太いくちばしをあげて、そびえる化石《かせき》の街《まち》をふりあおいだそのとき――

「ヒック、ヒック、ヒック！」

立てつづけのしゃっくりが空気をふるわせ、フルホン氏がぎょっとした顔でこちらを見つめました。

「……そうなの」

がく然《ぜん》としているフルホン氏にむかって、ルウ子はうなずきました。

「ミスター・ヨンダクレがいるの」

フルホン氏がガバリとくちばしを開けると、ドードー鳥の、とがって白っぽい舌《した》がのぞけました。

ルウ子はこの事態《じたい》におちいったいきさつを説明しながら、フルホン氏を先ほどの円形広場まで案内しました。

もどってみると、小鳥から男の子のすがたになったホシ丸くんが、キャラメルチップスの屋台で、大ぶりな紙コップにソーダ水をそそいでいるところでした。

「あれっ」

ホシ丸くんが顔をはねあげたので、コップになみなみと入ったソーダ水の泡《あわ》が、ひとつかふたつ、飛びちりました。広場に山積《やまづ》みになっている金色の表紙の本に、フルホン氏の視線《しせん》がサッとむけられます。

「やあ、フルホンさんも来たんだ！　ひとりで冒険《ぼうけん》についてくるなんて、めずらしいや」

あっけらかんとしたホシ丸くんの声が、ここまでいそいで駆《か》けつけたフルホン氏をいらだたせたのは、言うまでもありません。

「いかにもそうだが、きみ、本のそばでそんなものを飲むとは、けしからん。本にこぼしたら、どうする気かね！」

「こんなにじょうぶそうな本だもの、ちょっとばかしぬれたって、平気だよ」

フルホン氏が、ガチッとくちばしを鳴らしました。

「ばかを言っちゃあいけない。頑丈《がんじょう》だろうが大きかろうが、本は本だ！　粗末《そまつ》にあつかえば、そのゆがみは確実《かくじつ》に本にのこるのだ。本をゆがめる者は、自分はおろか者だと世にむかって表明しているのも同然だ」

ブンリルーとミスター・ヨンダクレの読んでいる本は、いつのまにやら、のこりのページがあとわずかになっています。偉大《いだい》な美術館《びじゅつかん》にいるかのように、息をひそめてページに没頭《ぼっとう》しているブンリルーのとなりで、ミスター・ヨンダクレが、骨《ほね》のつなぎ目をなめらかにくねらせてふりむきました。

「なあんと、これは！」

ドードー鳥と骨《ほね》の竜《りゅう》が、巨大巻《きょだいま》き貝《がい》の化石《かせき》の上で出会うのを、水槽《すいそう》の中の生きものたちはだまったまま見守っています。

「これはいかにも、まごうことなく！　〈雨ふる本屋〉店主、モーリシャス・ドードー鳥の、フルホン氏ではないか!」

ミスター・ヨンダクレがさけぶと、あごの骨《ほね》が興奮《こうふん》のためにガタガタと鳴りました。

「ごぶさたをしております、ミスター・ヨンダクレ。おかわりなく書物にひたっておられるごようす、なによりです」

ミスター・ヨンダクレは枝《えだ》ヅノをいただいた頭をうやうやしくたれて、フルホン氏のあいさつにこたえました。

「以前ゆずっていただいた〈雨ふる本〉を、もう七百九十六回、くりかえして味わっているのである。ほんとうによい本をすすめていただいた……そろそろまた、あたらしい〈雨ふる本〉を手にとりに行こうかと思っているところであるが」

「それならば、まもなく、わが〈雨ふる本屋〉の誇《ほこ》る大作が完成します。王国と呼《よ》ばれる、無量無辺《むりょうむへん》の想像《そうぞう》の夢見主《ゆめみぬし》が、わが店にお客としてやってきているのです。〈雨ふる本屋〉では目下《もっか》、彼《かれ》の王国の物語を本にしあげているまっ最中《さいちゅう》ですぞ」

「おーお、それはなんと！」

ミスター・ヨンダクレが、さけびながら首を高々とのべました。夜空にきちんと星座をえがく星たちまでもが、その声におののいて見えたほどです。

「かならずや、すばらしい書物として完成するでしょう。ミスター・ヨンダクレ、ぜひあなたにも読んでいただきたいものだ」

フルホン氏が、重々しくくちばしをうなずかせます。

「ありがたい、なーんとありがたい。あたえられた時間のはてまで生きに生き、肉も皮もうしなって罪《つみ》をおい……しかれど、その先にまだ、極上《ごくじょう》の本を読むよろこびが待ちうけているとは」

ミスター・ヨンダクレがそれをできるものなら、目のあった穴《あな》から大つぶの涙《なみだ》をこぼしていたことでしょう。

「その生まれつつある本は、いつごろ〈雨ふる本屋〉の棚《たな》にならぶのであるか」

「そう長くお待たせすることはないでしょう。作家の幽霊《ゆうれい》ヒラメキくん、それに、こちらの物書きのタマゴが、必死《ひっし》にとりくんでくれております」

物書きのタマゴ、と紹介《しょうかい》されて、ルウ子は頬《ほお》がまっ赤になると同時に、くちびるをかみしめ、ポケットの中のペンとノートをおさえつけました。

「それより、ぼくたち、サーカスをたすけなきゃいけないんだよ」

ソーダ水を飲みほしたホシ丸くんが、服のそでで口をふきふき言いました。

「その、サーカスというのは、なんなのかね？」

フルホン氏の口調がとがります。しかし、それにこたえたのはホシ丸くんでも、ルウ子でもありませんでした。

「サーカスの入り口はこれ。これは外の世界から、ルウ子についてきてしまったの」

読みふけっていた本からむきなおり、ブンリルーが、あのしま模様《もよう》の本をかかげました。アンモナイトの満月が、本の表紙を照らします。

「外の世界から？」

フルホン氏のメガネのレンズが、いぶかしげに光りました。

「ちょっと待って、ブンリルー。どうしてそんなことが言えるの?」

ルウ子が問うと、ブンリルーは、本の背表紙《せびょうし》をこちらへむけました。それを見て、ルウ子は、あっと声をあげました。

タイトルも、書いた人の名前もない本の背表紙《せびょうし》のはじっこには、のっぺりとしたラベルが貼《は》ってあるのです。もともとは黄緑色だったはずのラベルは、日に焼けて白っぽくなり、ほとんど色がかすれています。なぜ、いままで気がつかなかったのでしょう。これは、ルウ子たちの通う市立図書館の蔵書《ぞうしょ》のラベルではありませんか!

「ここの本たちを見ていて、しましまの本はなにかがちがうって気づいたの。ここにある本とも、〈雨ふる本屋〉の本ともちがう。これ、もどる場所がわかるようにするためのシールでしょ?」

「図書館の本……? だけど、あたしは本を借りていないわ。サラはなにか借りていたけど、もっと大きな本が入っていそうだった……」

ルウ子の声は、どんどんたよりなくしぼんでゆきます。フルホン氏が、ずいっと前へ出て、ブンリルーのほうへくちばしをつきだしました。

「ちょっと、見せてみたまえ」

ブンリルーはうなずいて、本をフルホン氏にわたしました。

「だけど、開かないでね。またどこかへつながっちゃうから」

フルホン氏は表紙を見、反対の表紙を見、どこにも文字のないことをたしかめると、背表紙《せびょうし》のラベルをとくとながめました。

「……フム。たしかに図書館で管理《かんり》されている本のようだ。が、しかしこれは、本のすがたを借りたなんらかの道具だ。おそらくは、サーカスとやらの装置《そうち》なのだろう」

フルホン氏は思いきり顔をしかめながら、慎重《しんちょう》に本をひっくりかえし、表紙をなでてみています。青と白のしま模様《もよう》の表紙にはこまかな光沢《こうたく》があり、角度がかわるたびにしとやかに光りました。

「しかし、外の世界の本が、すきまの世界へついてくるなどということは、前代未《ぜんだいみ》聞《もん》だ」

ミスター・ヨンダクレがこちらへ顔をよせ、なにかを口にのぼそうとした、そのときです。

ムズムズ、フルホン氏の翼《つばさ》の中で、本が動いたのです。それをみとめるいとまもあらばこそ、はじけるように本はひとりでに開き、そうして中から、しま模様《もよう》のボールがひとつ、とびだしました。高々と飛びあがったボールは、空中で回転しながら落ち——

落ちながら、すがたをかえてゆきました。大きな耳と細長い鼻。それはあの、白い子ゾウにちがいありませんでした。

十六　ガラスの茶室

耳を蝶《ちょう》の翅《はね》のようにひろげて、重さをまったく感じさせずにおりてきた子ゾウに、ホシ丸くんが、ヒュウと口笛《くちぶえ》を送りました。

みんなのまん中へきちんと両足をそろえて着地した子ゾウは、おじぎをしたあと、けれど、はずかしそうに耳で顔をおおい、鼻をくるくるっとまるめこんでしまいました。えんび服の首に結《むす》んでいる銀灰色《ぎんかいしょく》のリボンに、無残《むざん》なしわがよります。

「これは、これは、これは！」

牙《きば》を鳴らしながら声をあげたのはミスター・ヨンダクレで、フルホン氏は満月メガネの目を見開き、ルウ子は思わず、子ゾウを指さしていました。

「あ、あんた、あたしたちが、必死《ひっし》で追《お》いかけたのに。さっきは、どうして逃《に》げちゃったの？」

子ゾウはまるめた鼻から「きゅぅ」と音を出しながら、上目づかいにみんなを見あげました。その目は深いコーヒーの色で、目つきはたいへんおどおどしていました。

「あの、あのう、逃《に》げたつもりはないんです。ぼくは、サーカスの」

「サーカスの、軽業師《かるわざし》なんだろ？　ねえ、綱渡《つなわた》りのうまいやり方を教えてよ。さっきはすごかったなあ。ぼくが高速飛行したって、なかなか追《お》いつけないんだもの——まあ、この子をかかえてたせいなんだけれどさ」

子ゾウの目の前に、ホシ丸くんがずいと顔をつきだしました。子ゾウはビクッと身をふるわせて、とたんに泣きだしそうに瞳《ひとみ》をうるませます。

「か、か、軽業師《かるわざし》では、ありません。ぼくは、ぼくは……」

息をつめる子ゾウをさえぎって、ブンリルーがホシ丸くんのほうへ身をのりだしました。

「ちょっと、〝この子〟なんて呼《よ》ばないで。あたしには、ブンリルーって名前があるのよ」

「わかったよ。ルウ子から分離《ぶんり》したのに、きみ、怒《おこ》りっぽすぎるんじゃないかな。ルウ子はもうちょっと、ぼーっとしてるよ」

すると、子ゾウのぎゅっとまるめた鼻が、ほんのわずかにゆるみました。頬《ほお》をぴったりおおっていた耳を、翼《つばさ》のようにひろげます。頭の上にはえた産毛《うぶげ》が、ふうわりとゆれました。

「ぼ、ぼくは——奇術師《きじゅつし》にして、このサーカスの団長《だんちょう》をつとめます。白い鼻長《はななが》、ランラン・レイニングともうします」

そうして、いったいどれほどの練習をつんだのかと息をのむような、なめらかなおじぎをしたのです。

（この子が、団長《だんちょう》ですって！）

たしかに、みやげもの屋の曲芸師《きょくげいし》は、サーカスの団長《だんちょう》はゾウなのだと言っていました。ルウ子たちも、きっとするすると銀のロープをわたってゆくゾウが団長《だんちょう》なのだろうと思ったのです。……けれど、こうして目の前にあらわれた子ゾウのようすは、いかにも緊張《きんちょう》していて、とても団長《だんちょう》がつとまるようには見えません。

「あのうさぎはいないの?」

うしろから問うブンリルーに、子ゾウはていねいにふりむき、かぶりをふりました。

「シッチャカ・メッチャカは、いまはいっしょではありません。ぼく、逃《に》げてきたのです——自分のサーカスの道化《どうけ》から。このやり方が正しいのかどうか、わからなくって、混乱《こんらん》しているんです」

子ゾウの声音《こわね》が、泣きだしそうにゆらぎます。白っぽいそのすがたは、金色の月とアンモナイトの街《まち》がはなつ毅然《きぜん》とした明かりの中で、たよりない幽霊《ゆうれい》のようにさえ見えます。

「このやり方、って、どういうこと? サーカスのどこかに、ほころびがあるんでしょう？　それをなおしてほしいって、あたしたちは、たのまれたわ。おみやげものを売ってるお店にいた、曲芸師《きょくげいし》の女の人から」

ルウ子の言葉に、子ゾウ――ランラン・レイニングは、鼻をくねらせてうなずきました。

「ええ、そうです。サーカスにはどこかに、重大なほころびが……だけどぼくは、わからないんです。それをだれかに見つけてなおしてもらおうと、シッチャカ・メッチャカは考えて、こうしてぼくたちはついてきてしまったんです。だけど……」

ルウ子は、子ゾウがだんだん気《き》の毒《どく》になってくると同時に、いまここへサラを呼《よ》べたら、きっとすぐに仲よしになるだろうと思いました。照々美《てるてるみ》さんのお庭で、舞々子《まいまいこ》さんのケーキはもうできあがったでしょうか？

「あ、あのう、みなさん、のどはかわいておられませんか？　おゆるしいただけるなら、舞台《ぶたい》を変更《へんこう》いたしましょう」

子ゾウが言って、鼻をすい、すい、と動かしました。魔法使《まほうつか》いが、杖《つえ》をふるようにです。

そうして言葉のとおりに、舞台《ぶたい》はうつろいました。――星座の配置された夜空は淡《あわ》い水色に晴れ、同じく天空の上澄《うわず》みをすくいとった色をした浅瀬《あさせ》が、足もとをどこまでもつづいています。

化石《かせき》の街《まち》はかき消え、ルウ子たちは全員、空中に浮《う》かぶ部屋の中にいました。扉《とびら》も窓《まど》もありません。それなのに、四方の水平線が見はるかせます。この部屋は、床《ゆか》も天井もかべもすっかり透明《とうめい》なガラスでできていて、なににささえられるでもなく、その箱みたいな部屋が、ぽつんと空間の中にあるのでした。

「あっ！　ごめんなさい。あんまり大きな方は、入っていただけなくて……ああ、とんでもない失敗《しっぱい》をしてしまいました」

ミスター・ヨンダクレだけが、透明《とうめい》な部屋に入れず、水の中に立っています。骨《ほね》の竜《りゅう》は、興味《きょうみ》深げにあたりを見まわし、水の下の雪の色をした砂《すな》を手にすくってみています。ごく小さな魚の群《む》れが、ひらひらと泳いでうろこに光を反射《はんしゃ》させました。

床《ゆか》に手をついてよくのぞきこむと、魚だけではなく、水の中をはうふしぎな形をした虫もいるようです。残念《ざんねん》ながらルウ子にはその種類《しゅるい》がわからず、もどったら図鑑《ずかん》で調べてみようと、心の中にスケッチをしました。

「ヒャック！　かまわないのである。じつにうるわしい、まるで惑星初期《わくせいしょき》の浅瀬《あさせ》！　わたくしは、ここから話をうかがうとしよう」

ミスター・ヨンダクレにもうしわけなさそうに頭をさげて、子ゾウのランラン・レイニングは、また細い鼻をひとふりしました。すると子ゾウの前に、ガラスでできた箱型《はこがた》の台と、やはりガラス製《せい》の急須《きゅうす》、人数ぶんの器が出現《しゅつげん》しました。急須《きゅうす》の中には、なめらかなヒスイ色のお茶が満《み》ちています。子ゾウは鼻を器用につかって、ガラスの急須《きゅうす》を持ちあげました。

目に見えないほど透明《とうめい》な器へ、ランランはていねいにお茶をそそいでゆき、それをひとりひとりにくばりました。ヒスイ色の飲みものの中には、あざやかな青や光りだしそうな白のうずがやどり、すずしいハッカと干《ほ》した草のにおいがします。器があまりに透《す》きとおっていて、まるで飲みものだけがこぼれてしまわずに、形をたもっているかのようです。

「飲みものなら、さっきの屋台にあったよ。べつに、ここへ来なくってもよかったじゃないか」

小鳥式の体あたりをして、たしかにガラスのかべが四方にあることをたしかめてから、ホシ丸くんがランランにむかってくちばしをつきつけました。子ゾウはびくびくしたようすで、耳をうしろへたおします。

「ごめんなさい。……でも、あそこにいると、シッチャカ・メッチャカに見つかってしまうかもしれないから。道化師《どうけし》は、団長《だんちょう》のぼくよりも魔法《まほう》が上手なんです。いえ、ぼくは、まだ子どものゾウで、団長《だんちょう》だからって、えらくもりっぱでもないんですが……」

フルホン氏は落ちつかなげにおしりをふりふり、お茶をこぼさないよう、見えない床《ゆか》に座《すわ》りました。

「とにもかくにも、話していただこう。これがいったい、いかなる事態《じたい》であるのか、そしてその理由を」

神妙《しんみょう》にうなずいて、子ゾウのランランは、ガラスの急須《きゅうす》をガラスの台の上に置きました。まだうんと幼《おさな》いゾウなのに、そのたたずまいは威厳《いげん》に満《み》ちて見え、それと同時に、とてもうら悲しそうでもありました。

「ぼくたちは、サーカスであり……一冊《さつ》の本なんです」

ランランの鼻が、いまはフルホン氏の持っている本をさししめしました。

「本って、図書館の？」

「そうです。……物語の本です。どこまでもはてしない、サーカスの世界を描《えが》いた物語。ぼくのサーカスは、水の出しものをたくさん持っています。滝《たき》の綱渡《つなわた》りや、雨の塔《とう》、水中迷路《すいちゅうめいろ》、人魚《にんぎょ》のダンス。ひと休みするための、化石《かせき》と古生物《こせいぶつ》の広場。ぼくはゾウで、ゾウは雨を呼《よ》ぶけものですから。……だけど、だれにも読まれないいま、本はわすれられていたんです。長い、長いあいだ……」

ランランが、苦しそうに頬《ほお》のしわをゆがめました。子どものゾウではあるけれども、ランランの顔や手足には、ちゃんとゾウらしいしわが――しわのもと、とも呼《よ》ぶべき、まだやわらかで浅《あさ》い、下書きの線のようなそれが――あるのです。

「ぼくらは、自分で幕《まく》を閉《と》じることができません。本を開くのも、閉《と》じるのも、読む人の手です。だけどぼくらには、その読み手がいない。技《わざ》をこらしたサーカスが、お客のないまま、ただ宙《ちゅう》ぶらりんになっているんです。それが、とっても悲しくて……どうやらべつの世界へ行っている子どもたちがいるようだと、さいしょに気づいたのはシッチャカ・メッチャカです。きっと別世界でなら、サーカスはまだ巻《ま》きかえせると、ぼくだってはじめは思いました。――だけど」

ルウ子は、ドキリとしました。ということは、ランラン・レイニングも、あのおかしなうさぎも、閉《と》じられた本の中の住人で……それが、ひみつの通路をつかって〈雨ふる本屋〉へむかうルウ子やサラのことを、見ていたというのです。見ていたばかりか、こうしてついてきてしまったのでした。サーカスをひきつれて。

「それじゃ、このサーカスと王国は、てんでべつのものなんだね」

ホシ丸くんの言葉に、子ゾウは結《むす》び目がつくれそうなほど鼻をねじりました。

「……王国ってどんなものか、ぼくは知りません。でも、ぼくら、こちらのすきまの世界に、勝手にサーカスの舞台《ぶたい》をひろげてしまっていますね。だれか、怒《おこ》るかしら」

外で聞き耳をたてているミスター・ヨンダクレが、興味《きょうみ》深げに、骨《ほね》の腕《うで》をくんでいます。

「ねえ、その物語の本は、ほんとうにだれにも読まれなかったの？」

ルウ子は、たずねる自分の声が大きくひびきすぎやしないかとどきどきしながら、声を発しました。

ランランは、自分のためにもそそいだヒスイ色のお茶の器を鼻で持ち、ゆっくりとゆらしてよいかおりを呼《よ》びだしながら、返事をつむぎました。

「いいえ、まったくのひとりも読んでくれなかった、というわけではないんです。だって、本になったからには、だれかが開いてくれて、棚《たな》にならべもしてくれたんです。でも――」

子ゾウの話を、フルホン氏は、ひじょうにむずかしい表情《ひょうじょう》で聞いています。

「でも、もう何年も何年も、本は手にとられず、サーカスは動きませんでした。本に書かれていることっていうのは、だれかが読んではじめて、動きだすんですから。――ぼくたちは、けっきょくはシッチャカ・メッチャカの言うとおりに、このすきまの世界というところへ来てしまいました。ここは、とても広くて、どんなふしぎなことだって起こる、すてきな場所ですね。

ぼくだって、こんな世界にならサーカスの本を救《すく》ってくれるだれかがいるかもしれないって思います。ほんとうにいてくれたら、ぼくらの物語は、もう本棚《ほんだな》のすみっこでわすれさられずにすむんです……」

しばらく、だれもがだまっていました。お茶のかおりが、ガラスでできた部屋の中をすっかり満《み》たしています。

さっき、さんざんキャラメルチップスとソーダ水でおなかをくちくしたホシ丸くんは、ひとしきりパタパタ飛びまわってから、ルウ子の頭の上におりてきました。

「じゃ、やっぱりサーカスをなおそうよ。それしか、方法がないじゃないか」

「は、はい、でも……」

すぐにでも飛んでゆきそうないきおいのホシ丸くんに気《け》おされながら、ランラン・レイニングは、歯切れ悪く、うつむいてしまいます。

「……ひじょうに言いにくいのであーるが、しかし、それは……いや、いや、わたくしの言うようなことでは、ないのである」

なにかを言いさして、けれどもミスター・ヨンダクレは口をつぐんで、首をふりました。

「あんたは、それじゃ、本なのね?」

思いがけず強い声を発したのは、ブンリルーです。まっすぐ見つめられて、子ゾウは自分をかくすように、耳をぺたりと顔に貼《は》りつけました。

「本なのだったら、サーカスをなおしたって、どうにもならないわ。読ませてくれなきゃ。この本、開くと扉《とびら》になってしまって、読めないのよ」

ブンリルーの目つきが真剣《しんけん》です。ふんだんに本のあった広場から切りはなされてしまい、いまは近くに読める本がないので、気が立っているのかもしれません。

「そ、それは、あなた方に、サーカスに入っていただくしかけなんです。そのう……」

ランランはこまりはてたようすで、たよりない鼻をくねらせました。

「もとのままのサーカスじゃ、きっと楽しんでもらえません。もちろん、ぼくも、サーカスのみんなも、技《わざ》を磨《みが》いて、お客を待っていたんです。だけど、それだけではだめだったんです。だからサーカスを、こちらのすきまの世界でなおそうというのが、道化師《どうけし》の考えです」

「けど、団長《だんちょう》はきみだろ？　サーカスのリーダーは、うさぎじゃなくてきみだ。きみは、どうしようって考えてるのさ？」

ホシ丸くんが首をかしげました。

「……わからないんです」

ランランが、泣きそうな声でこたえます。

「ごめんなさい、みなさんをこんなことに巻《ま》きこんで。ぼくは、ほんとはあきらめなくちゃいけなかったんだ。ぼくらのサーカスは、だめだったって。そして、本棚《ほんだな》のかたすみでじっとしていなくちゃいけなかった……それなのに、シッチャカ・メッチャカはサーカスをなおすつもりでいます。こっちの世界で、サーカスにつかえる生きものだってさがそうとしてる。団員《だんいん》たちも、方々へはなれて、それぞれにサーカスを救《すく》う方法をさがしているかもしれません。ぼくは、ほんとはみんなを呼《よ》びもどさなきゃいけないんです。あきらめて、図書館の本棚《ほんだな》にもどろう、って。……でも、できない。だってぼくも、自分のサーカスを、とても好きだから……」

うなだれるランランの上にも下にも、薄《うす》い、澄《す》みきった水色がひろがっています。おだやかな光をふくんだ空も水も、耳には聞こえない音楽をひめているかのようでした。

ルウ子の頭を、ちょんちょんとくちばしがつついたかと思うと、ホシ丸くんがぴょこんと、さかさまに顔をのぞきこみました。ひたいの白い星マークが、笑っているみたいです。

ルウ子には、ホシ丸くんの考えがわかる気がしました。幸福の青い鳥で、希望《きぼう》のいちばん星、やんちゃな男の子でもあるホシ丸くんは、目の前でこんなにさびしそうにしている者を、ほうってはおきません。

そしてルウ子のポケットには、ペンとノートがあるのでした。

ずっといかめしい顔で話を聞いていたフルホン氏が、ひと息にお茶を飲みほし、太い足をのばして、立ちあがりました。

「事情《じじょう》はわかった。——ランランくん、きみには、庭園へ来ていただこう。そこに、わたしの助手《じょしゅ》の妖精使《ようせいつか》いがいる。彼女《かのじょ》とその妹である庭師《にわし》が、きみのたすけとなるはずだ」

フルホン氏の言葉に、ルウ子たちはおどろきました。庭園の庭師《にわし》、ということは、照々美《てるてるみ》さんです。照々美《てるてるみ》さんが、サーカスの本を救《すく》うのに、どんな力になってくれるというのでしょうか？

「また、照々美《てるてるみ》さんの博物館《はくぶつかん》を呼《よ》ぶのかい？」

さえずるホシ丸くんを無視《むし》して、フルホン氏はランランにも立ちあがるよう、うながしました。

「サーカスから出るための移動《いどう》は、ランランくん、きみにたのもう。その先は、雨手紙をつかい、庭園の舞々子《まいまいこ》くん照々美《てるてるみ》くんに連絡《れんらく》をとるよ」

フルホン氏は、翼《つばさ》のかげにかくしてあったガラスの小ビンをとりだします。舞々《まいまい》子《こ》さんがこしらえた、とくべつな雨が入ったビン――あの中身を、伝えたい相手と言葉を念《ねん》じながらたらすと、雨のしずくで手紙を送ることができるのです。

ランランは不安そうに立ちあがり、自分よりも大きなドードー鳥を見あげました。

「あ、あ、あのう、たすけてくださるんですか……？」

それに対して、フルホン氏はこうこたえます。

「たすけになるかどうか、保証《ほしょう》はできないがね。それでも、目の前に窮地《きゅうち》におちいった本があっては、ただ手をこまねいてはいられないだろう。わたしは、古本屋の店主なのだ」

その瞬間《しゅんかん》に、ランランの目から、ぼろりと大きな涙《なみだ》がこぼれました。感謝《かんしゃ》をしめすために、フルホン氏にむかって深々と頭をさげます。

けれどもルウ子は、どうしてフルホン氏があんなに気むずかしい顔をしたままなのかしらと、それが気がかりでした。

十七　物語をなおすには

「サーカスをぬけるのに、あと何幕《なんまく》か、舞台《ぶたい》を通過《つうか》しなくてはならないんです」

そう言いながら、ランラン・レイニングはフルホン氏から、しま模様《もよう》の本をうけとりました。

「みなさん、チケットをお持ちですね？　とちゅうでなくされませんよう、どうかご注意ください。これがないと、サーカスへ入れないんですから」

ランランはそう言って、本を小わきにかかえ、鼻をつかってひらたい耳のうしろから、あの鏡の色のチケットをとりだしてみせしました。

「ぼくたち、もう持ってるよ」

ホシ丸くんが、青い羽の下にはさんだチケットを見せます。ルウ子もブンリルーも、それぞれ自分のチケットを、手に持ちました。

「でも、あのう……その、庭園という場所と、ぼくの本と、どういうかんけいがあるんでしょうか？」

チケットをかかげ持ちながら、ランランは不安そうにフルホン氏を見やりました。

フルホン氏はてんであわてずに、羽の先で太いくちばしをきゅっとこすります。

「いまここで伝えても、うまく伝わらないだろう。庭師《にわし》である照々美《てるてるみ》くんもまじえて、きみの本のために、われわれのできることをしよう」

骨《ほね》のつぎ目をカタカタ鳴らしながら、咳《せき》ばらいをしたのはミスター・ヨンダクレです。

「わたくしは、ひと足先に〈雨ふる本屋〉へむかおうと思うが、よろしいか？　偉《い》大《だい》な作家が物語にとりくむすがたを、見守りたいのであーる」

ミスター・ヨンダクレがとつぜんお店にあらわれたら、幽霊《ゆうれい》はびっくりしすぎてのびてしまうかもしれません。……そのことを注意しようかと思ったのですが、骨《ほね》の竜《りゅう》にむかって威厳《いげん》たっぷりにうなずくフルホン氏を見て、止めてもむだだとルウ子はあきらめました。かわりに、ランラン・レイニングにむきなおりました。

「べつの舞台《ぶたい》は、いったいどんななの？」

「いろんな舞台《ぶたい》と演目《えんもく》がありますーー『雨はさかさに降《ふ》るか？』その実験劇場《じっけんげきじょう》。水の循環《じゅんかん》をダンスであらわしたテント。折り紙の町を走る水路と、紙でできたゴンドラ。混《ま》じりけなしの水でできた橋。雨のしずくで未来を読むうらない師《し》の小屋」

先ほどまで、あんなにびくついて、不安そうだった子ゾウの顔はかがやき、声は堂々《どうどう》としていました。この小さな団長《だんちょう》が、どれほどサーカスをだいじに思っていることかと、ルウ子はおどろきをこめてそれを見ました。

（きっとはじまりは、こんなふう……）

レインコートのポケットに、ルウ子はそっと手を入れました。みやげもの屋でもらった、あの不安定な蝶《ちょう》の翅《はね》のノートではなく、自分のノートにさわります。ポケットからペンとノートをとりだして、ルウ子はみんなに見つからないよう、こっそり文字を書きだしました。

『雨の夜。まっくらな海のむこうから、ひとつの大きな波がよせる。波の上には、巨大《きょだい》な金のアンモナイトがのっている。それは砂浜《すなはま》にのりあげると、真夜中になるまで、じっとしていた。

やがてアンモナイトの表面が、金色にかがやきだした。ゆらりと、宙《ちゅう》にういて、空へのぼってゆく。アンモナイトの月がてっぺんにくると、ぐるぐるの化石《かせき》の中から、音楽がながれだした。サーカスの芸人《げいにん》たちが、アンモナイトの中からおどりでてくる。……』

これが正しいはじまり方かどうか、わかりません。ルウ子はまだランラン・レイニングのサーカスの本を、読んでいないのですから。――けれど、書きたい衝動《しょうどう》が、ルウ子の胸《むね》をつきあげるのでした。これから舞々子《まいまいこ》さんや照々美《てるてるみ》さん、サラのいる場所へ行くのです。電々丸《でんでんまる》だって、まだ庭にいるかもしれません。

(サーカスは物語の本だったんだから、ほころびというのは、書いてなおすしかないんじゃないかな。もしも、あたしが書いて、サーカスをたすけることができたら――)

チケットにうつる自分の顔が、勇《いさ》み立っています。

『サーカスの団長《だんちょう》、ランラン・レイニングは、胸《むね》をはり、鼻をかかげて、こうさけんだ。――』

「それではみなさま、ようこそ、ランラン・レイニングのサーカスへ!」

そうして白い子ゾウは、本の表紙を開きました。

目の前にはしま模様《もよう》の布《ぬの》が、幾層《いくそう》にも折りかさなり、つらなっています。

青リンゴ色とキャラメル色。墨汁色《ぼくじゅういろ》と深紅《しんく》。木イチゴ色と雪の色。枯《か》れ葉色《はいろ》と紙の色。アメジスト色と桜色《さくらいろ》……。

さまざまな色がたてじまの模様《もよう》をくりかえし、おくゆきの感覚《かんかく》を狂《くる》わせます。はじめにサーカスへふみいったときとは、床《ゆか》がちがっていることに、ルウ子は気づきました。あの綱渡《つなわた》りの滝《たき》のある岩場へ通じる入り口をくぐったときには、たしか、床《ゆか》は木でできていました。ところがいまは、つるりと磨《みが》きのかかった、白黒の市松《いちまつ》模様《もよう》の床《ゆか》になっているのです。

「どれをくぐればいいの？」

たずねながら横を見、うしろをふりかえって、ルウ子は自分の顔が青ざめてゆくのをはっきりと感じました。

さっきまで――ランラン・レイニングが本を開くまでいっしょにいたみんなが、いないのです。むこうにも、そこにも、いろんな色をくみあわせたしま模様《もよう》が視界《しかい》をふさぐばかりで、ブンリルーもフルホン氏も、ミスター・ヨンダクレだっていません。

そして、白い子ゾウのすがたもないのです。

「ホシ丸くん、どうしよう！」

するどくささやいて、けれどもルウ子はすぐに、ますます青ざめるはめになりました。

頭の上を見あげ、手をやります。――いません。ルウ子の頭にとまっていたはずの、青い小鳥がいないのです。

（落ちつかなくっちゃ――とにかく、落ちつかないと）

ルウ子は大暴《おおあば》れをはじめそうな心臓《しんぞう》を、胸《むね》に手をあてておさえようとしました。

市松模様《いちまつもよう》の床《ゆか》をすり足で移動《いどう》し、ルウ子はたくさんのたてじま模様《もよう》の中を、あちらへ、こちらへ、さまよいました。……といっても、もとの場所からはなれるのがこわくて、ほんの数歩ぶん、前やうしろへ移動《いどう》してみただけです。

「ブンリルー、ホシ丸くん、どこ？」

いったいなぜ、ひとりになってしまったのかもわからないまま、ルウ子はみんなを呼《よ》んでみました。けれども返答はなく、目の前には、かわらずにしま模様《もよう》の幕《まく》が立ちふさがるばかりです。

ひょっとしたらもう、みんなは先に出口へ行ってしまったのでしょうか？　けれど、それなら、どうしてルウ子を置いていってしまったのでしょう。

「あなたには、とくべつの役目があるからです」

ふいに間近で声がして、ルウ子はとびあがりました。

「だ、だれ？」

いまのいままで、たしかにだれもいなかったルウ子のかたわらに、白くてふわふわしたものが立っています。やわらかで長い耳と、目ではその数を数えられない繊《せん》細《さい》なひげ。燃《も》えるルビーをはめこんだような目が、じっとこちらを見あげています。

「やあどうも、お嬢《じょう》さん」

それは、うさぎのシッチャカ・メッチャカでした！　おどろきはててあとずさるルウ子を、余裕《よゆう》しゃくしゃくの表情《ひょうじょう》で見やりながら、うさぎは蝶《ちょう》ネクタイをなおします。

「な、なんで、ここにいるの？」

ふるえる声で、ルウ子はうさぎに問いました。うさぎのひげが、さわっとそよぎます。

「わたくしも、サーカスの一員《いちいん》ですから。このサーカスのピエロ。観客《かんきゃく》さまの笑いをさそう、欠かすことのできない道化者《どうけもの》です」

「でも、じゃあ、ランラン・レイニングは？　フルホンさんたちはどこ？」

ルウ子の声がうわずるのをおもしろがるように、うさぎの道化師《どうけし》はにやりと笑いました。

「庭園という場所へ、もうむかったのではありませんか？　団長《だんちょう》は、本気ではサーカスのことを心配していないのです。もとのままのサーカスに、なんとかお客が来ればいいと思っている……しかし、そう都合《つごう》よくはいきますまい。おもしろくない要素《ようそ》をつぶして、もっと演目《えんもく》に磨《みが》きをかける べきだ。あたらしいおどろきを！　珍《ちん》獣《じゅう》たちの曲芸《きょくげい》、さらに危険《きけん》な軽業《かるわざ》、だれもが息を飲む華《はな》やかな演出《えんしゅつ》！」

しゃべりながら、うさぎはどこからかとりだしたひとたばのトランプのカードを、お手玉でもするように空中へ投《な》げあげながら、右手から左手へとアーチを描《えが》いてくりだします。ぴしっときれいにそろったたばを、扇《おうぎ》の形にひろげて、こんどは上から下へと落下させます。あまりにすばやいカードさばきに、ぜんぶのカードがつながっているのじゃないかと思えるほどでした。

「だ、だけど、どうしてあたしだけ、ここにいるのよ」

ルウ子はいますぐに逃《に》げださなくてはと思いながらも、流れるようにみごとなカードの動きに目をすいよせられ、一歩も動くことができません。

「もうしあげたとおりです。あなたはサーカスを、まさに救《すく》おうとしてくださる。わたしは、見ておりました――わたしは知っているのです。あなたが、いつも図書館で物語を書きつらねておられるのを。さあ、お書きください。あわれな物語を、書きなおすのです」

カードがピタッと集まり、うさぎの手の上で、まるで新品同然のたばにまとまりました。トランプの動く音が止まると、ここは耳がへんになりそうなほど静かです。

うさぎの耳が、風にゆれる草のように、一方向へかたむきました。

たてじま模様《もよう》の垂《た》れ幕《まく》のあいだに、ひとりがけの机《つくえ》があります。なんの装飾《そうしょく》もない、木でできた机《つくえ》と椅子《いす》のひとそろいです。

「あたしが……？」

「書いてくださいますね？」

うさぎが問いかけ、ルウ子は自分の心に確認《かくにん》するよりはやく、うなずいていました。ルウ子は、王国の物語を書く手伝いだってしているのです。

（そりゃあ、ヒラメキのようには、書けないけど）

だけど、それは、しかたがないではありませんか。幽霊《ゆうれい》は、死ぬ前から作家だったのです。死んでまで、自分の書きかけの物語をさがしつづけるような書き手だったのです。ようやっと、物語を書く方法がわかりはじめたルウ子が、同じようにできるわけがありません。それでも、書きたいと思いました。ルウ子は、だって、物語を書くことが好きなのです。

「古本屋の店主に、妖精使《ようせいつか》い、幸福の青い鳥。クラゲの亡者《もうじゃ》。暗い出自《しゅつじ》を持つ、白黒じまの本の虫。王国の夢見主《ゆめみぬし》。偉大《いだい》な庭園の庭師《にわし》に、その見習いの女の子は、妹さんですか？　まるで白い翼《つばさ》の小さな姫《ひめ》のようです」

うさぎは、トランプのカードになにもかも書いてあると言わんばかりに、扇《おうぎ》にしたカードを一枚《まい》一枚《まい》、目の前にかざしてゆきます。

「そうしてあなたは、自由自在《じゆうじざい》な物語の書き手だ。わたしがあなたを選んだのは、なにも、ふしぎの世界と行き来ができるためだけではない。あなたが、物語の書き手だからこそです。さあ、ここでお書きください。あなたのペンが、かならずやわれわれのサーカスを救《すく》います」

うさぎの言葉は、意味のわからない呪文《じゅもん》のようになって、ルウ子にはちゃんと聞きとれませんでした。うさぎの言いおわるころには、ルウ子はもう、机《つくえ》にむかって、ノートをひろげ、ペンを動かしていたのです。

気ままインクのペンが、見たこともないほど濃《こ》い色をして、文字をつづってゆきます。あまりに濃《こ》すぎて黒に見えますが、線になってのびると、インクは緑や藍《あい》、むらさきに色を変じます。さっき、ランランから聞いたサーカスのようすを思い浮《う》かべ、ルウ子は夢中《むちゅう》で書きました。こんなにはやくペンを動かしたことなんて、ないのじゃないかしら。サーカスのほころびは、どこにあったのでしょう。ほころびがどこにあったにせよ、ルウ子がサーカスのことをおもしろく書けば、きっとランランたちは救《すく》われます。

図書館の棚《たな》で、サーカスの本はきっとみんなに借りてもらえるようになって——

（あれ？）

ルウ子は、はたと手を止めました。いいえ、やっと、止まることができたのです。

（あたしが書きなおしても、サーカスの本は、さいしょに書いた人がいるはずでしょ？）

それに気づいたとたん、ガランと机《つくえ》がかしぎました。市松模様《いちまつもよう》の床《ゆか》が、パズルのピースが欠けてゆくみたいに、くずれて落ちてゆくのです。床《ゆか》の下にあらわれた暗い空間に、机《つくえ》は落ちて消えました。ルウ子は悲鳴《ひめい》をあげ、とっさにペンとノートをつかんで、ころげながら逃《に》げました。いつのまにか、うさぎのシッチャカ・メッチャカはいません。ルウ子しかいない空間で、床《ゆか》はどんどんくずれてゆきます。

とにかく、ここから出なくては――

どうにか立ちあがって走りだし、ルウ子はがむしゃらに逃《に》げました。走るいきおいをそのままに、白と銀色のたてじまの幕《まく》をつきぬけます。

それが、どこへつながるかも考えないで。

十八　川を駆《か》けるものたち

たてじまの幕《まく》をくぐりぬけたとたん、ルウ子の足は、ふみしめるものをうしないました。

「ひゃあっ！」

見えたのは、灰色《はいいろ》にくもった空……ルウ子は、サーカスへの入り口をくぐって、足場のない空の上へほうりだされてしまったのです。――落ちます！

とっさに、背中《せなか》のコウモリの翼《つばさ》をひろげなくてはと思ったルウ子は、一瞬《いっしゅん》にして、胸《むね》の中がまっ暗になりました。コウモリガッパは、着ていないのです。ルウ子はいつもの、うす緑のレインコートを着ていて、ポケットに入っているのは、書きつづけなければ落ちてしまう、あの蝶《ちょう》の翅《はね》のノートだけ……

落下の力はすさまじく、ルウ子の手から、物語を書いているノートがもぎとられてゆきました。ノートははためいてはなれてゆき、もうもどってきません。自分の手足すら、風にしばられて動かせませんでした。目がくらんで、おそろしさと気持ち悪さが、入れかわり立ちかわり、ルウ子の意識《いしき》を占拠《せんきょ》しました。

こんかぎりの力をこめて、ルウ子はバタバタと空にむかってひっぱられるレインコートのポケットに手をもぐりこませました。もう一冊《さつ》、そこに入っているノートをつかみ、ひっぱりだします。なにをどうすればいいのか、もう考えることなどできていませんでした。

（……飛ばなくちゃ、とにかく……）

そう思った瞬間《しゅんかん》、両の手から力がぬけました。

書けません。ルウ子は、書くことに失敗《しっぱい》したのです。

王国の物語を書いていたノートも、飛んでいってしまいました。

手にあった蝶《ちょう》のノートと気ままインクのペンが、はなれてゆくのが見えました。

ルウ子の体は、小さな道具たちより先に落っこちてゆきます。

なにも書けなくなって、からっぽなのに、どうしてこんなに重そうに落ちるのかしら――ふしぎに思い、ルウ子はザブンと水のはねる音を聞いて、息ができなくなりました。


「この子は、どこから落ちてきたんだろう?」

「気《き》の毒《どく》に、顔がまっ青になって」

「背中《せなか》にのせてあげましょう。手伝って」

耳のおくへゴボゴボとあふれこんでいた水の音は、いつのまにか、だれかの話す声にかわっていました。はじめて聞く声のはずなのに、ルウ子はそれを、よく知っているような気がしたのです。――そのために、とがった耳や、牙《きば》のはえた口、太いツメをそなえた足がいくつも見えても、あまりこわくはありませんでした。

川が流れています。ルウ子は川の中にいて、流れる水面が、目の高さと同じ位置にありました。頬《ほお》や髪《かみ》にかかるしぶきといっしょに、手やあごをくすぐるものがあります。しぶきと同じ色をしたそれは、密《みっ》に生《は》えそろったけものの毛でした。

はっとして、いっぺんに背《せ》すじをのばします。ルウ子の目の前、川の水の上を、走るもののすがたがあります——それは白銀《はくぎん》の毛並みのオオカミで、ルウ子がまさにまたがっているのも、同じけものの背中《せなか》の上なのでした。

「川オオカミ……」

ルウ子はつぶやきましたが、その声は、いきおいよく流れる水の音に、ほとんどかき消されてしまいました。

『川オオカミの群《む》れ。水の中を泳ぐオオカミたちが、しぶきをあげて激流《げきりゅう》を起こす……』

それはたしかにルウ子がウキシマ氏から教わり、ルウ子がペンで書いてみた、王国の一部でした。いまでは氾濫《はんらん》をしずめ、すきまの世界のあちこちに居場所《いばしょ》を見つけておさまっている王国の、そのひとつに、ルウ子は入りこんだらしいのです。

「あ、ありがとう、たすけてくれて……」

ルウ子は、自分をのせている川オオカミの首すじの毛を、強くひっぱらないよう用心しながらつかみ、たくましい顔をのぞきこみました。

川オオカミの灰色《はいいろ》の目が、こちらをふりかえります。

「おかしなにおいをさせて、いったいどこから落っこちてきたの?」

川オオカミは、低い、落ちついた声でそうたずねました。しかし、ルウ子はまともに返事ができずに、ただぼうっとして、オオカミの背中《せなか》につかまっているばかりです(まるでブンリルーのように、です)。

さかんにはねあがる川の水が、空気の中にまで水のこまかなつぶをやどらせています。はばの広い川の岸は切り立った岩で、そのむこうはとげだらけの藪《やぶ》、さらにむこうはたいそう古そうな暗い森でした。

川オオカミの群《む》れが、ルウ子をのせた一頭をとりかこみ、興味《きょうみ》深そうににおいをかいだり、こっちを見ながらまわりをうろつきまわったりしました。十五頭ほどいるでしょうか。みんな、りっぱなしぶきの色の毛皮をふさふさと光らせています。

「おまえは、どこへ行きたいんだい？　落っこちてきた者」

そばにいる川オオカミが、大きな鼻をルウ子にむけます。

「あ、あたしは、ええと……」

どうこたえるべきか、ルウ子はしばらくためらいました。ここへ落ちてくるまでのできごとに、まだ頭がひどく混乱《こんらん》していたのです。オオカミたちが、じっと気配を静めて、ルウ子の返事を待っています。

「……王国の物語を、完成させたいの」

ルウ子の口は、そう言っていました。とたんに、川オオカミたちの銀色の毛皮が、ふうっといっせいにふくらみました。オオカミたちは鼻づらを高くかかげ、空もつきぬけんばかりの遠吠《とおぼ》えをしました。仲間どうしの声がからまりあって、遠吠《とおぼ》えは高く高く、音の尾をひいてひびきわたります。

「落っこちてきた者は、王国の物語の救《すく》い主《ぬし》！」

「王国の、救《すく》い主《ぬし》！」

川オオカミたちが口々にさけぶので、ルウ子はすっかり圧倒《あっとう》されながら、あわててかぶりをふりました。

「待って、待って。そんなんじゃないわ。あたしは、手伝ってるだけよ……物語を完成させるのは、〈雨ふる本屋〉の作家の幽霊《ゆうれい》なんだから」

それでもオオカミたちのたかぶりはおさまらず、ルウ子の言葉がどこまでとどいたか、あやしいものでした。

「救《すく》い主《ぬし》は、それでは〈雨ふる本屋〉へむかいたいのか？」

ルウ子をのせているオオカミがたしかめます。

「だから、救《すく》い主《ぬし》じゃなくって、あたしは……」

名前を伝えようとして、ルウ子は自分の名を言うことに、どれほどの意味があるだろうと思いました。手がしぜんと、ポケットをさぐります。落ちてくるとき手ばなしてしまって、ノートも、だいじな気ままインクのペンもありません。

「……あたしのことは、落っこちてきた者でいいから」

ルウ子の声の調子の低さは、オオカミたちにとっては、たいした問題ではありませんでした。どこへ行きたいともはっきり伝えないままのルウ子をかこんで、川オオカミたちは駆《か》けだしました。

川オオカミたちが走ると、流れる水はますますいきおいを強めます。波を生みながら走るオオカミたちのすがたは、しぶきとほとんど見わけがつきません。急流のはやさをそのままに、オオカミたちは群《む》れをなして駆《か》けます。大きくうねり、むかってくるしぶきをかみ砕《くだ》きながら、進みます。

川オオカミたちに、ノートとペンをなくしたことを伝えればよかったかしら、とルウ子は頭のすみで考えました。どこか、川の中へルウ子と同じに落ちてきているかもしれないではありませんか。……けれども、川オオカミの背中《せなか》にしがみつきながら、ルウ子はそれに意味があるかしら、とまたしても自分に問いかけたのです。

レインコートや長靴《ながぐつ》の中まで、体はずぶぬれなのに、ちっとも寒く感じませんでした。まるでルウ子も、川オオカミたちの群《む》れの一員《いちいん》、牙《きば》をむいてはげしく流れる川の水の一部になったかのようです。

（サラやホシ丸くんは、あたしが書くのを失敗したと知ったら、がっかりするかしら）

その疑問《ぎもん》は、カランカランと、ルウ子の胸《むね》の中に小さな鉛《なまり》のつぶみたいにはねまわって、むなしい音をたてました。

やがて川オオカミたちの駆《か》ける川の岸辺の森が開けて、なだらかな丘《おか》のふもとの風車小屋《ふうしゃ》が見えてきました。風車《ふうしゃ》小屋の上には、絵の具箱の中の明るい色だけを選びぬいてにじませたような夜空がひろがり、そこに、ガラスでできているとしか見えない、まるい月が浮《う》かんでいます。

『小屋の中では、月から採掘《さいくつ》した石を砕《くだ》いて、砂糖《さとう》をつくっている。……』

ゆっくりとまわる風車《ふうしゃ》を見あげ、あっというまに通りすぎる小さな小屋をふりかえりながら、ルウ子の胸《むね》の中に、なんと呼《よ》びあらわしてよいのか知れない気持ちが、ひしひしとおしよせて、おさまりきらないほどにふくれあがりました。

ここが王国。子どものころ、病院のベッドの上で、ウキシマ氏が必死《ひっし》に想像《そうぞう》をめぐらせた場所です。王国が氾濫《はんらん》を起こしたとき、ルウ子は、いてもたってもいられず、書いたのでした。ウキシマ氏の空想《くうそう》の世界を、その世界に息づくものたちに耳をすまして、無我夢中《むがむちゅう》で。

風車小屋《ふうしゃごや》の中には、ひとりぼっちのおじいさんがすんでいるのです。知っていますよ、とルウ子は、心の中でさけびました。おじいさんがいることを、あたしは知っていますよ。

川オオカミたちは走りつづけ、風車小屋《ふうしゃごや》はあっというまに後方かなた、見えなくなりました。

ルウ子はオオカミの背中《せなか》に顔をおしあて、目をつむって、考えました。……フルホン氏やホシ丸くんたち、それにランラン・レイニングは、照々美《てるてるみ》さんの庭へむかったはずです。そこで、ランラン・レイニングのサーカスは救《すく》われるのでしょうか？だけど、フルホン氏は、それにミスター・ヨンダクレは、なぜあんなにむずかしい表情《ひょうじょう》をしていたのでしょう。

とにかくルウ子は〈雨ふる本屋〉へもどるほか、ないのです。幽霊《ゆうれい》にこのことを伝えなくてはならないし、お店でみんなの帰りを待つか、あるいは、サーカスのことについて、なにかの手立てをさがす時間ができます。

そうしよう、とくりかえし自分に言い聞かせるうち、ルウ子はしだいに、眠《ねむ》くなってゆきました。ごうごうと猛《たけ》る川の音を聞きながら、ルウ子は川オオカミの背中《せなか》の上で、まどろみました。

それが、おだやかな眠気《ねむけ》なのか、それとも恐怖《きょうふ》から生まれる眠気《ねむけ》なのかは、自分でもわかりませんでした。

「……起きて。ほら、目をさましなさい」

「走ってるとちゅうでお昼寝《ひるね》するなんて、まったく、なんてのんきなんでしょう」

「堂々《どうどう》たるものだ。なにしろ、王国の救《すく》い主《ぬし》だもの」

オオカミたちの鼻につつかれて、ルウ子はあやふやな眠《ねむ》りからはいずりだしました。目をこすり、つっぷしていた白い毛皮の背中《せなか》から、顔をひきはなします。

どれほど時間がたったのでしょう。川オオカミたちは、走るのをやめていました。

川オオカミの灰色《はいいろ》の目が、ルウ子を深く見つめます。

「さあ、川オオカミがつれてきてあげられるのは、ここまで。この先は、地面の上を自分で歩くのですよ」

顔をあげて、ルウ子はわずかに怖《お》じ気《け》づきました。

川の水はずいぶん浅《あさ》くなっていて、どろ水が混《ま》じりはじめています。流れる水のむこうには、にごった色の湿地《しっち》がありました。湿地《しっち》、あるいは沼地《ぬまち》と呼《よ》ぶのかもしれません。針葉樹《しんようじゅ》の林にかこまれて、でこぼこのクレーターを配置したようなじめじめとした土地がひろがっているのです。

「ここから、〈雨ふる本屋〉へ行けるの?」

こんな場所は、ウキシマ氏から聞いた王国にはなかったはずです。しかしオオカミたちは、それぞれにうなずいたり、足をふみ鳴らしたりします。ルウ子をのせている一頭が、おだやかな声で言いました。

「ここに、おまえのたすけになる者がいる。そのにおいがする」

川オオカミの首すじの毛を、ぎゅっと力をこめてにぎっていたルウ子は、観念《かんねん》してその手をはなしました。のっているうちにこわばった体をなんとか動かして、オオカミの背中《せなか》からすべりおります。浅《あさ》いと見えた川は、まだルウ子のひざ近くまであって、長靴《ながぐつ》の中へ水が入りこみました。けれども、もともとつま先までぬれていたので、もう気になりませんでした。

「のせてくれて、どうもありがとう」

ルウ子が手をふると、川オオカミたちはすみやかにきびすをかえし、たくましい足でにごりの混《ま》じる水をけちらしながら、こんどは流れの上《かみ》へむかって走りさってゆきました。

遠ざかってゆく水しぶきを見送ってから、ルウ子は、どろ水をたっぷりたたえた沼地《ぬまち》へむきなおりました。川オオカミたちが、こちらへ行けと言ったのです。信じるよりほかありません。

沼地《ぬまち》は薄暗《うすぐら》く、いやなにおいがしました。川の水をはなれてふみ入ると、ぬちゃっと、長靴《ながぐつ》に黒いどろがねばりつきます。どろは流れ落ちないで、うす緑色の長靴《ながぐつ》に、ぶつぶつのまだら模様《もよう》になってのこりました。

とにかく、むこうの森まで行こう、そう決めて、ルウ子は沼地《ぬまち》を進んでゆきました。鳥も飛ばず、虫も鳴かず、カエルの声もありません。かわりにひと足進むごとに、やわな皮膚《ひふ》の生きものを長靴《ながぐつ》でふみつぶすような「ピュウ」というつめたい音がするのです。

ルウ子は進みました。また迷子《まいご》になってしまった、と思いながら。

ピュウ、ギシ、ピュウ、ギシ、

いやな足音を歯を食いしばってこらえながら歩き、目をあげて、どれほど進んだかたしかめようとしますが、でこぼこの土地のむこうに見えている針葉樹林《しんようじゅりん》は、いっかな近づく気配がありません。

長靴《ながぐつ》の足がどんどん重くなり、ルウ子は疲《つか》れて、とうとう立ち止まりました。

自分の息の音ばかりが、いやに大きく聞こえます。

（むこうまで、とにかく行かなくちゃ）

立ち止まるうちにどろに食いこんだ長靴《ながぐつ》を、ルウ子は手でひっこぬきました。反対の足もひきぬこうとしたとたん、バランスをくずして、しりもちをついてしまいました。

「いたたた、た……」

ひとりぼっちなのは心細いけれど、こんなにみじめなところをだれにも見られずにすんだのは、よろこんでいいことなのかもしれません——と、そのとき、

「ややや、これは！」

ぽこんと、どろの中から、なにかが顔を出したのです。ギザギザのヒレが、おどろきのためにひろがります。

ぎょっとして声の主《ぬし》を見つめたルウ子は、こちらでも、おどろきの声をあげました。

「あ、あんたは、〈おこぼれたち〉の……じゃない、鳥の姫《ひめ》といっしょにいた」

「いかにも、わたくしは、この暗沼《くらぬま》が主《あるじ》です」

声の主《ぬし》——厚《あつ》ぼったいくちびると小さな目、ギザギザとがったヒレを持つ魚は、胸《むね》を張《は》るように腹《はら》を見せました。

「なんと、自在師《じざいし》の仲間だった人間が、ここへ来るとは。今日はいったい、何用でしょう?」

ルウ子は、ぐるんと目玉をめぐらせました。——川オオカミたちは、ほんとうにこの魚が、〈雨ふる本屋〉への帰り道を知っていると思ったのでしょうか?

十九　ルウ子、変身する

「さあて」

と魚が言いました。

「自在師《じざいし》だったあの娘《むすめ》は、いっしょではないのですか？　ひとりで、ここまで来たのですか。しかしまた、ひどい顔をしておいでです」

エラをプカプカさせながら、魚はルウ子を見あげます。ルウ子は、どろの上にしりもちをついたまま、ようやく、ちゃんと目がさめた気持ちがしていました。この先どうするか、とにもかくにも考えなくてはなりません。

「……ひさしぶりね、元気だった？」

どうあいさつしてよいものやらわからず、ルウ子は、友達に書く手紙の書きだしのような言葉しか思いつきませんでした。

「あたし、みんなとはぐれてしまったの。〈雨ふる本屋〉にもどりたいんだけど、帰り道を知らない？」

沼《ぬま》から顔をつきだした魚は、首をかしげるように体をかたむけました。

「ほう、あの書店へ帰りたいのなら、雨雲を駆《か》る雨童《あめわっぱ》を呼《よ》べばよいのでは？」

ルウ子は、ため息をつきました。この暗沼《くらぬま》の魚の主《あるじ》は、かつてブンリルーに、〈おこぼれたち〉としてとらえられていたのです。砂漠《さばく》の鳥の国の姫《ひめ》や、〈燃《も》ゆる岩屋〉の宝《たから》の番人といった、小さな生きものたちといっしょに。……ブンリルーが自在師《じざいし》でなくなり、それぞれのすみかへ帰るとき、この生きものたちを送りとどけたのが電々丸《でんでんまる》なのです。

「電々丸《でんでんまる》を呼《よ》べればいいけど、通信する手段《しゅだん》がないもの。川オオカミたちが、ここから〈雨ふる本屋〉に帰りなさいって」

魚が、エラをプクリと鳴らしました。

「ふむ。拝察《はいさつ》するに、またまたやっかいなことに巻《ま》きこまれておられる？」

「そうなの。読んでもらえない本が、市立図書館からすきまの世界へついてきてしまって、サーカスのほころびをなおしてくれ、って……」

話し相手ができたことで、話す声に力がこもってゆくルウ子に、魚がパタパタとヒレをばたつかせました。

「待ってください、待ってください。いくら、まかふしぎの息づくすきまの世界とはいえ、話のすじは通していただかなくては。本がついてきてサーカスがほころびて、それでなぜ、ひとりで帰り道がわからなくなっているというのです？」

魚の湿《しめ》り気《け》たっぷりの声は、ルウ子を落ちつかせようと、ゆっくりとつむがれました。

ルウ子は息をついて、こんがらかる話をまとめるため、起こったできごとを順番に頭の中にならべようとしました。……ところが、順序《じゅんじょ》だてて話そうとするのとはぎゃくに、ルウ子の目からは、ぼろっと涙《なみだ》がこぼれ落ちました。

ノートもペンも、なくしてしまいました。ルウ子はとんでもない思いちがいを、失敗をしてしまったのです。

(なんてことを、しちゃったんだろう。サーカスの本は、読み手がいないからって、書いた人がいないわけじゃないわ。だれかが、たくさんの時間をかけて書いたのよ。あの本を、おもしろいと思った人だって、いるかもしれない。それを読みもしないで、あたしは、勝手に書きなおそうとしたんだ……自分のほうが、うまく書けるんだってうぬぼれて。あーあ、ほっぽり森で物語の種を食い荒《あ》らしていたころの幽霊《ゆうれい》よりも、よっぽどひどいわ)

帰り道はわからないし、みんなともはぐれてしまいました。これでは王国の物語を手伝うことも、ランラン・レイニングをたすけることもできません。それに、すきまの世界で迷子《まいご》になって、もうサラといっしょに外の世界へ帰ることもできないかもしれないのです。

「お、おやおや、そんなに泣きなさるな。……いや、弱りました。そんなに泣いては、暗沼《くらぬま》が塩水《しおみず》になってしまいますよ」

背中《せなか》をまるめ、顔をおさえて、ルウ子は泣くのをやめようとしゃくりあげます。けれど、なんどやってもうまくいきませんでした。

プク、プク、と音がして、ごしごし目をこすりながら顔をあげると、沼地《ぬまち》のあちらこちらから、みんなそっくりな魚たちが、何十匹《ぴき》と顔を出し、心配そうにこちらをうかがっているのでした。

「どうして泣いているんです？　どこか痛《いた》いの？」

「おなかがすいているんじゃないの？」

「あなたみたいな女の子が食べそうなものなら、森のほうへ行けばあると思うけど――歩いて、とってきてあげられたらいいのに」

魚たちが、えんりょがちになぐさめの言葉を口にします。

（わあ、すごい……）

泣きながらも、ルウ子は沼《ぬま》から顔を出した魚たちの数と、じっとそそがれるまなざしに、おどろかずにはいられませんでした。〈おこぼれたち〉のひとりとしてつれさられていた魚は、暗沼《くらぬま》の主《あるじ》……ということは、ここにいる、気づかわしげな視《し》線《せん》をルウ子に送っている魚たち全員《ぜんいん》の王さまなのです。

ルウ子は、自分がうぬぼれ屋の女の子であることが、心底《しんそこ》いやになりました。ここにいる魚たちのほうが、よっぽどやさしい心を持っています。

「そうそう、息はゆっくり。肺《はい》呼吸《こきゅう》というのは、やはりどうにも不便《ふべん》に見える。そして、ほら、泣くのはそろそろおよしなさい。鼻水は出て、目もはれて、ひどい顔になっています。それは、もしやほんとうに病気なのではありますまいか」

ルウ子はひとつしゃくりあげて、たよりなく、首を横にふりました。人間は泣いたらこうなるのだ、と言いわけしたくても、のどがつまってものが言えません。

「こまりました。お嬢《じょう》さん、あなたはなるだけはやく、理由をさがさなくてはなりませんよ」

理由、ですって？　いったいなんのでしょう。まぶたをごしごしとふいてまばたきをするルウ子を、魚たちは、一様《いちよう》にエラをひくつかせながら見つめています。

魚たちのようすがとつぜんかわったために、すう息でのどをひろげて、どうしたのかとたずねようとしたルウ子は、ただ口をパクパクと動かすことしかできませんでした。なにごとだろう、と口にふれようとすると、てのひらにまとわりついたどろがすべり落ちて、指のあいだににごった色の膜《まく》ができているのが見えました。頬《ほお》にふれると、自分の手がとがって痛《いた》く、また、頬《ほお》にはなにやら、かさぶたのようなものがびっしりと生まれています。ぬるぬるとしたそれは、かさぶたというよりも、どうやらうろこに近いのでした。

「ああ、いけない。自分でいたいという理由をなくして暗沼《くらぬま》に迷《まよ》いこんだ者は、魚になってゆくのです。魚になって、沼《ぬま》のどろ水の中で暮《く》らさなくてはならないのです」

まばたきをしようとしました。――まぶたが閉《と》じません。それもそのはず、ルウ子のまわりにいる魚たちの目には、まぶたなんてないのですから。

「手を出しなさい。墨士館《ぼくしかん》へむかうのです。これを見せれば、門を開いてくれます。墨士《ぼくし》なら、きっとたすけてくれるはずです。さあ、はやく、はやく！」

開いてさしだしたてのひらに、魚が、尾ビレでなにかを書きつけました。顔をよせると、なにやらくねった文章が、黒いどろで書かれています。

「林をぬけると、道があります。その道を右へ、山にいたるほうへたどりなさい。いいですね、右ですよ。山にのぼるんです」

魚が、いそいで告《つ》げました。ルウ子はなにも言えないまま、のどから、ヒュウウ、と苦しい息をはきだしました。ほんとうは、魚にお礼を言いたかったのです。

けれども言われるまま、立ちあがりました――正確《せいかく》には、ルウ子の足はもう、まっすぐに立つことができず、ずるりとひざから下をひきずらなければなりませんでした。魚が文字を書いてくれた左手を汚《よご》さないよう、胸《むね》のほうへ折りこんで、体をささえるために右手をどろの上につきました。五本の指は細くとがって、手の先はほとんどヒレに変じつつありました。

ぬるぬると、生まれてからいままでしたことのない動きで前へはってゆき、息を殺《ころ》した魚たちに見送られながら、ルウ子は鋼色《はがねいろ》の針葉樹林《しんようじゅりん》をめざしました。

二十　魚のゆくえ

どんなふうに自分の体が変化してしまっているか、想像《そうぞう》したくもありませんでしたが、それでも、立ちあがれないにしては、するすると前へ進めました。……が、それは、よく湿《しめ》ったどろ水がおわるまでで、木々が根をおろした林へ入ったとたん、体がずしんと重くなりました。

林の土の上に降《ふ》りつもった落ち葉も、方々から生《は》えた草も金属《きんぞく》のようにとがっていて、はいずることしかできないルウ子の体じゅうをひっかきました。それでもとにかく前へと進んだのは、どうやら呼吸《こきゅう》までもが、どろからはなれるとあやしくなってきたからでした。

ルウ子は必死《ひっし》にのどを動かして、息をすおうとします。が、のどはもう、ルウ子の体に空気を行きわたらせませんでした。ビリッと低い枝《えだ》にひっかかれて、耳の下あたりにエラができていることがわかりました。もちろん、エラでは、水がなくては息ができないのです。

（……道が、あるんだって言った……林をぬけると、道があって、右に……）

ずるずると、ルウ子ははいずりました。頭の中がぐらんぐらんと暗くなって、目がかすみます。ちゃんと進んでいることをたしかめようとふりかえったとき、自分の通ったあとに、うろこが落ちているのが見えました。とがった落ち葉や枝葉《えだは》にひきむかれた灰色《はいいろ》のうろこが、なまぐさいにおいをさせ、無残《むざん》にちらばっていました。

ルウ子は、川オオカミたちのもとにいたほうが、まだよかったのではないかと思いました。川オオカミたちは王国の生きもので、言葉をかわすことができ、それに——

（そうだ、風車《ふうしゃ》小屋のおじいさん。あの小屋には、おじいさんがすんでいるのよ。あそこでおろしてもらえばよかったんだわ。いまからだって、なんとか川へひきか

えせるかもしれない）

そう考えたとたん、ルウ子のひたいを、ものすごい痛《いた》みが襲《おそ》いました。その場にころがって、悲鳴《ひめい》をあげようとしますが、もう声はまったく出せません。どうなったのだろうと思ってのばそうとした手は、完全に魚のヒレになっていました。ルウ子は口をパクパクさせ、尾ビレをうちふって、その場でやみくもに暴《あば》れました。ルウ子の体は、すっかり魚になってしまったのです。

（どうしよう、どうしよう、どうしよう……）

あまりのおそろしさに、心は泣きだそうとしますが、魚の目からは涙《なみだ》がこぼれません。

鋼色《はがねいろ》の林の中でルウ子は動けなくなり、身をくねらせて暴《あば》れる力も、だんだん弱くなってゆきました。

（あーあ、こわくても、蝶《ちょう》のノートをつかっていれば……せめて、ペンを手ばなさなければ、そしたら、書くことはできたのに。なんでもいいから、書けたのに）

ペタリと尾ビレを落としながら、ルウ子は魚になった目で、高々とのびてそびえる林の木々を見あげました。まっすぐにのびて空をつきさす針葉樹《しんようじゅ》は、まるで長い長いひみつの呪文《じゅもん》を守る番人のようです。

——と、ガサガサと落ち葉をふむ音がして、ぬっと影《かげ》がさしました。大きな帽子《ぼうし》のようなものをかぶっていて、顔は見えません。しかし、こちらをのぞきこんでいるのはわかりました。

手がのびてきて、魚のルウ子をつかみました。あちこちのうろこのとれたあとが痛《いた》くて、それにその手は熱すぎて、ルウ子はさわってほしくなかったのですが、ものを言うことも、暴《あば》れて抗議《こうぎ》することもできませんでした。

ポン、

ルウ子の体はあっけなく、なにかの入れ物に投《な》げこまれました。まっ暗で、それがかばんなのか、あるいはお弁当箱《べんとうばこ》なのかも判別《はんべつ》がつきません。ただ、足音と、ゆれる感じから、どこかへつれてゆかれるのだけはたしかなようです。

この入れ物がなんであるにせよ、すこしでいいから水を入れてくれるといいのに、とルウ子は、もうぐったりと動けないまま思いました。

トプン！　……

全身にへばりつく空気が消え、ちりちりとおなかをくすぐるあぶくが、ルウ子をやっと正気《しょうき》づかせました。だれかが、水の中へはなってくれたのです。すぐさまエラを動かして、ルウ子は思うさま息をしました。

うろこのはがれたあとは痛《いた》みますが、目は透《す》きとおってものを見、尾ビレは存分《ぞんぶん》に水をかくことができます。入れられた水は澄《す》んでいて、沼魚《ぬまざかな》にはすこしあわないようでしたが、とにかく息のできるところへもどれたのですから、ぜいたくは言えません。

〈そういえば、〈おこぼれたち〉としてさらわれていたとき、暗沼《くらぬま》の主《あるじ》は、水がなくても平気そうだったけど——あれは、鳥の姫《ひめ》みたいに、みんなの中でとくべつな

一匹《ぴき》だからだったのかしら。どっちにしろ、あたしはまだ、なったばかりだから、きっと勝手がわからないんだ)

ひとりでそう納得《なっとく》しながら、ルウ子は泳ぎまわりました。ここがどこなのだか、ひとまずたしかめておこうと思ったのです。明るい真水《まみず》は、沼《ぬま》の水ではありません。では、川オオカミたちのいる川の中でしょうか？　いいえ、水が流れているようすもありません。

呼吸《こきゅう》が落ちついて、ルウ子はやっと、ふしぎに思いはじめました。ここは、どこの水の中でしょう？

甘《あま》くていいかおりがするのは、まわりの岩をゆたかにおおう苔《こけ》のせいでしょうか。深緑の苔《こけ》には銀のあぶくがやどり、ガラス細工《ざいく》ににた小さな花も咲《さ》いています。まろやかな岩を鼻先でつついてみて、ルウ子は体を上へかたむけました。銀色の水面がひろがり、そのむこうに、なにかの影《かげ》が見えています。水の上のようすをたしかめに、ルウ子は上にむかって泳ぎました。

（水から出て、また息ができなくなったらどうしよう——ううん、一瞬《いっしゅん》だけむこうをのぞいて、またすぐ水の中へもどればいいのよ）

慎重《しんちょう》に自分と相談《そうだん》しながら、ルウ子は尾ビレのいきおいを落とさず、思いきってあちらへ顔を出しました。

そして、水の上にあるものを見たのですが、なにしろ一瞬《いっしゅん》のことでしたし、魚の目でとらえきるには見えたものが大きすぎたので、あれがなんだったのか、ルウ子にはさっぱりわかりませんでした。

（まっすぐなものが、いっぱいだった。たてにも、横にも。あんなもの、水の中にはないわ）

そうして、もうむこうをのぞくのがこわくなって、ルウ子は甘《あま》い水をたっぷり味わいながら、あちこちの傷《きず》がなおるまで、岩かげにかくれていようと決めました。弱っているのを知られると、水の上から、なにかおそろしいものがつかまえに来るかもしれませんから——ツメやら、くちばしやらのある連中が。

ルウ子は水の底のほうへ行くと、たっぷりの水苔《みずごけ》とぬめりつく水あかがいいぐあいに貼《は》りついた岩のかげに身を落ちつけ、やっと安心して、ひと眠《ねむ》りすることにしました。目を開けたまま眠《ねむ》るのですから、夢なのかほんとうなのか、景色《けしき》とまぼろしが溶《と》けて混《ま》じりあい、うっとりしてくるようでした。

どこかへ行かなくてはならなかった気がしましたが、思いだせません。たしか、どこか、雨の降《ふ》るところ……

（へんなの。この水だって雨だったんだし、雨はそのうち降《ふ》ってくるのよ。どこにも行かなくったって）

きっと、夢の一部なのでしょう。開けたままの目にたゆたってくる、ほんとうと混《ま》じりあった夢の一部です。ゆっくり眠《ねむ》って、元気になって起きたら、きっとわすれているでしょう。――そう思ってルウ子は、ほっとエラから、安堵《あんど》の息をついたのです。

空からおりてくる気配が、ルウ子の休んでいる水の底までとどいてきたのは、夜もおそい時間のことでした。どうして時間がわかったかというと、あたりが暗くなり、体じゅうを循環《じゅんかん》する水が、うんとつめたくなっていたからです。

水のむこうを見に行かなくとも、上空に雨雲が集まって、雷《かみなり》が力を帯《お》びはじめているのが感じられました。雨が来ます。

ルウ子はヒレをふるって、体のぐあいをたしかめました。傷《きず》の痛《いた》みはもう薄《うす》くなっていますが、こんどはおなかがすきました。けれども、食べものをさがすのは、明るくなるのを待たなくてはならないでしょう。もしも雨がひどいようなら、嵐《あらし》がすぎさるのも待つ必要があります。かんじんなのは、あわてないで、じっとしていることでした。

ゴロゴロと雷鳴《らいめい》がうなり、水面を雨がかき乱《みだ》しはじめました。雨のつぶてが生む波紋《はもん》が、ルウ子の体にもとどきます。このときルウ子は、この水の中に、自分のほかには生きものがいないことを知りました——すくなくとも、同じくらいの大きさのものは。だれかいれば、雨でふるえる水のはねかえりが、べつの生きものの存在《そんざい》を教えてくれるはずです。

ポツン、

雨のしずくが水の中へ飛びこんできて、一瞬《いっしゅん》、なにかの形を浮《う》かびあがらせたように見えました。けれども、それはあっというまのことでしたし、ルウ子にはそれがなんの形なのだか、見わけることができませんでした。

じっとしたまま、ルウ子はたくさんの音を聞きました。雨に、雷《かみなり》。雨が瓦《かわら》を打つ音。

ポツン、ポツン、ポツン、ポツン、

大きなしずくが立てつづけに飛びこみます。まるでだれかがいそいで送ってきた手紙のように——しかし、ルウ子にその意味はわかりません。

雨樋《あまどい》を走る急流。廊下《ろうか》の木材が息をつく気配。庭の岩が雨に打たれ、虫が草むらへ飛びこみます。どこかでろうそくにチリチリと火がつけられ、それをかかげただれかが、廊下《ろうか》を歩く音がします……

（建物……そうか、むこうをのぞいたときに見えたのは、わたり廊下《ろうか》だったんだ。ここは、大きな建物の、庭の池なのね）

どうやら、林で動けなくなっていたルウ子をだれかが拾い、ここまではこんで、水にもどしてくれたらしいのです。そのだれかが、いま廊下《ろうか》を歩いてゆくのでしょうか？

自分をたすけただれかを見てみたいと思い、ルウ子は岩かげから体を出しました。思いきって、もういちど水面へ泳ぎのぼります。雨は強く降《ふ》りしきり、稲光《いなびかり》が幾度《いくど》も、水面をうすむらさきに染《そ》めあげます。

足音が去ってしまわないうちに、ルウ子は水のむこうへ顔をつきだしました。黒い服を着たうしろすがたが、ちょうど廊下《ろうか》のかどをまがって、すり足で歩いてゆくところでした。

（……………）

はっきりとすがたが見えませんでしたが、あれがルウ子を拾った人でしょうか。

屋根瓦《やねがわら》をたたく雨音から、たいへん大きな建物なのだとわかります。ここに、すんでいるのはひとりだけなのでしょうか、それとも……

雨雲のために、星は見えません。――星？　星なんて見えても、魚にはかかわりのないことです。鳥にも気をつけなくてはなりません。魚を食べに来るのですから……やはりもうしばらくは、水の底にいるほうがよさそうです。星と、鳥と、どうかんけいがあるのだか、自分でも混乱《こんらん》しながら、ルウ子は魚に息のできる世界にもどろうと、身をひるがえしました。

チャプンと、ルウ子の尾ビレが雨でゆれる水面をはじいたその瞬間《しゅんかん》、べつのなにかが、いきおいよく水の中へ乱入《らんにゅう》しました。

ブルルとヒレをふるわせて、逃《に》げようとしたときには、ふたつの手がルウ子をとらえ、細くしなやかな指が、ロープのように体をしめあげていました。逃《に》げようともがくひまもなく、ルウ子をつかまえたものは強靭《きょうじん》なうしろ足で水をけり、ひと息に空気の世界へ飛びあがったのです。

ルウ子をとらえているのは、大きなカエルでした。ぬらりとした目が、いちどだけこちらを見、カエルはまた大きくはねると、手すりをとびこえ、廊下《ろうか》へおりたちました。ルウ子はいまになって、尾ビレをビチビチふるいますが（胸《むな》ビレは、カエルの手におさえこまれて動かせません）、カエルはおかまいなしにルウ子をつかんだまま、建物のおくへとびはねてゆきました。

さっき、黒い服を着たうしろすがたがむかったほうへ行くようです。やっぱり食べるためにつれてこられたのかしらと、ルウ子はむなしくエラをひくつかせながら、ひどく悲しくなりました。

ゴロゴロ、雷《かみなり》がうなり、雨はますますはげしくなってゆくようです。

カエルにおさえつけられながらも、ルウ子は左のヒレがつぶされないよう、つとめてピッタリと体に貼《は》りつけていました。なぜそうするのかは、わかりません。ただ、なにかだいじなものがそこにあった気が、ぼんやりとかすかに、するのでした。

二十一　墨士館《ぼくしかん》のたすけ

「たしかに、暗沼《くらぬま》の魚の主《あるじ》のしるしじゃ」
声がしました。ルウ子は、しっとりとなめらかな台の上にのせられています。——まな板でしょうか。カエルのものとはちがう指が、ルウ子の左のヒレをつまんで、内側をあらためています。
「もうしわけありません、ほんとうの魚だとばかり……沼《ぬま》の魚たちとは色味がちがうので、てっきり鳥が餌食《えじき》を落としていったのかと思い、持ち帰って池にはなちました。けがもしているようすだったので」
「かまわん。ほんものと思って当然じゃ。すっかり魚になりかかっておる。したが、明日の夜明けまでほうっておけば、もうもとにはもどれなかったろうて」

全身のうろこが、ひりひりします。はやく水にもどしてほしいのに、あのカエルがルウ子の頭と尾ビレのつけ根をおさえつけているのです。カエルの指のあいだから、ルウ子はまわりをのぞいていて、ふしぎな髪型《かみがた》をした女の人の顔がすぐそばにあるのが見えました。おばあさんにも見え、ルウ子と年のかわらない女の子にも見えます。

——女の子？

自分の考えに、ルウ子はひどくとまどいました。ルウ子は魚であって、女の子なんかではありません。

女の人が、ルウ子ののっている台のかたわらで、なにかをスルスルと動かしました。包丁《ほうちょう》にちがいない、と思ったそれは、しかし、どうにも刃物《はもの》のようには見えませんでした。漆塗《うるしぬ》りの細い棒《ぼう》の先に、ふさがついていて、そこには墨《すみ》がしみこんでいるのです。墨汁《ぼくじゅう》をふくんだ筆の先が、ルウ子のうろこにすらすらとなにかを書きつけました。

ふたたびあの頭痛《ずつう》が、ルウ子のひたいをつらぬきました。ルウ子はヒレをめちゃくちゃにばたつかせ、息ができないのもかまわず口をパクパクさせて、そしてこんどは、悲鳴《ひめい》をあげることができました。

「やめてっ！」

自分の声にびっくりして、ルウ子は木の床《ゆか》にひざをつき、ぱちぱちとまばたきをくりかえしました。沼地《ぬまち》のどろで汚《よご》れていたはずのレインコートはもとの色にもどり、かわりに、全身がずぶぬれになっています。ふたつにくくった髪《かみ》もぬれて重くたれ、するどい寒気が、体をふるわせました。

「……クシュン！」

ルウ子が大きなくしゃみをすると、となりでカエルがひと声鳴き、目の前に座《すわ》る女の人が、筆を持つ手をあげました。

「熱い茶と、服を持ってきてやりなさい」

ゆったりとした声に、うしろにひかえていた人物が、すばやく立ちあがって身を

ひるがえします。ルウ子は寒さにガタガタふるえながら、おもしろそうにこちらを見つめて笑っている女の人を見つめました。なにが起きて、どうしてここにいるのだか、まだ混乱《こんらん》しています。

そこは、燭台《しょくだい》の明かりのともった広い部屋で、女の人のうしろには、動物たちの描《えが》かれたみごとなふすまがありました。シカや鳥や、サイやラクダ、犬にキツネ、うさぎ、それにゾウもいます。

ぼうぜんとしながら目をしばたたくルウ子に、女の人は黒々とした目をむけました。ふくざつに結《ゆ》いあげてかんざしをいくつもさした髪《かみ》も、なめらかですその長い服もまっ黒です。ひたいや髪《かみ》、耳や首もとを飾《かざ》る銀と真珠《しんじゅ》の細工物《さいくもの》が、息を飲むほど白く見えます。

「池の水は、それほどうまかったのか？　イゾーがつかまえてこなんだら、おまえは一生魚のままですごすところじゃった」

文箱《ふばこ》に筆を置いて、着ているもののすそをさばきました。

「墨士館へのたすけをこう、暗沼の魚の主からの文があった。おまえをここでたすけよう」

先ほど廊下《ろうか》へ出ていった人が、熱い湯気の立つお茶と、きれいにたたんだ黒い布《ぬの》をかかげ持ってきました。それをうやうやしく、女の人とルウ子のまん中へ置き、おじぎをして、顔をあげます……体は人間とそっくりですが、その首から上は、赤い目のサルでした。

(マゼランとは、あまりにてない)

頭の中で静電気がはぜるように、ルウ子はそう思いました。静電気はちらちらと体じゅうを駆《か》けめぐって、ルウ子をいよいよ落ちつかない気持ちにさせました。

グワッ、とカエルがどこかとくいげに鳴いて、ルウ子は磁器《じき》の湯飲みをうけとり、ハスの花のにおいのするお茶を飲みました。芯《しん》からこおりつきそうだった体が、あたたかい血をめぐらせるのを思いだします。

「着物をかえたら、おまえがだれで、どこから来たか、話すのじゃ。おまえは、まだ魚の頭でものを考え、まわりを見ておる。もとの自分にもどるために、話せることを言葉にしてみよ」

サルの頭の人物がついたてを用意し、ルウ子はずぶぬれのレインコートや服をぬいで（なんと、たっぷりと水の入った長靴《ながぐつ》まではいたままでした）、黒くてすその長い服に着がえました。そでもすそもひきずりそうなほどたっぷりとしていて、布《ぬの》地《じ》からは墨汁《ぼくじゅう》のかおりがします。

ついたてから出てくると、熱いお茶のおかわりがいれられ、雲のようにきっぱりと白い湯気を立ちのぼらせています。もう寒気はどこかへ消えて、体はもとどおりに動きます。ぬれた髪《かみ》の毛をサルの人がほどき、ごしごしと布《ぬの》でふきました。もじゃもじゃになった髪《かみ》の毛の上に、あのカエルがとびのり、気持ちよさそうにいすわってしまいました。

女の人は、じっと座《すわ》って、ルウ子が話すのを待っています。いまは、何時でしょう？　ひょっとして、夜中なのに、ルウ子が来たので、わざわざ起きていてくれるのかもしれません。ルウ子はカエルを頭にのせたまま、とにかく名前を名のろうと、あわてて口を開きました。

「……あー、あぁ」

ドキリとして、口をおさえました。自分の名前を言おうとするのに、舌《した》が口の中に貼《は》りついて、音をつくることができません。たしかにさっきは、やめて、とはっきり言えたはずなのに。それとも、さけんだつもりになっていただけでしょうか？　深呼吸《しんこきゅう》して、もういちど言おうとしても、やっぱり同じでした。

女の人とサルの人とが、顔を見あわせます。

「どうやら、まだ舌《した》べろがもどりきっておらぬようじゃ。文字は書けるか？――うむ、それならば、書いてみなさい」

女の人が、手もとの文箱《ふばこ》をこちらにむけ、ルウ子にさしだしました。サルの人がすかさず、紙を用意します。床《ゆか》の上にひろげられたのは、お習字につかう薄《うす》い紙でした。まっ黒い文箱《ふばこ》の中には、ひえた溶岩《ようがん》のようになめらかなすずりと、網目模様《あみめもよう》の珊瑚《さんご》をかたどった銀の文鎮《ぶんちん》、太さのちがう五本の筆がならんでいます。

ルウ子は言われるとおりに、すずりの海から筆に墨《すみ》をつけ、紙の上にかまえました。

なぜだか心臓《しんぞう》がすくみあがって、書くべき文字が見つかりません。

頭の上で、カエルがグワッと鳴きました。げっぷをしたのかもしれません。


『さ』


たったのひと文字を、ルウ子はふるえながら書きました。さ？　なにを書こうとしたのでしょう、自分でもわからないのです。力をこめすぎて線は太く、文字はかたむいて、いままでなにかを書いたことなんてないように見えました。

まっ青になるルウ子に、女の人はゆったりとした声で、こう言いました。

「ふうむ、文字もまだもどってこないか。では、絵はどうだ。模様《もよう》でも、なんでもかまわん。思いつくままに描《か》いてみよ。……筆をつかうのが難儀《なんぎ》そうじゃが、このままでは、おまえは帰るべき場所をみなわすれてしまう」

ルウ子はみじめにだまりこんだまま、何本かの線を、ただでたらめにならべました。太いたての線を、一本、二本、三本……

それはサーカスの入り口の、あのたてじま模様《もよう》です。

（サーカス。――そうだ、サーカスって書こうとしたんだわ）

心臓《しんぞう》が胸《むね》の中で動いて、ルウ子はつづきを描《か》きました。

雨の線。しずく。カタツムリ。線を細くしてゆくと、それは本のページになって、開いたページはまるみをおびて、スイレンの花になりました。キノコとティーカップ。おでこで前髪《まえがみ》をくくった女の子と、小鳥。目玉のある大きなクラゲ。

ちっとも上手な絵ではないのに、ルウ子の背後《はいご》から景色《けしき》がおしよせて止められません。それを紙の上に吐《は》きださないと、おしつぶされてしまいそうです。サルの人が、あたらしい紙を用意してくれ、ルウ子はだまって、つぎつぎに絵を描《か》きつづけました。
ゾウとうさぎ。うしろのふすまにも描《えが》かれています。滝《たき》の水。蝶《ちょう》ちょの翅《はね》。ルウ子のペン。サーカスの本は、だれにも読んでもらえないのです。ルウ子はそれを、書きなおそうとしたのです。ランランやサーカスの人たちに、よろこんでもらえるはずだと思ったのに――どうしてあんなことをしてしまったのでしょう。骨《ほね》の竜《りゅう》や、ドードー鳥に聞けば、こたえを知っているのでしょうか。とつぜんいなくなったので、みんな、心配しているかもしれません。ケーキは完成したのでしょうか。舞々子《まいまいこ》さんの、むずかしいケーキは。……

ルウ子はどんどん描《か》きつづけ、描《か》いた紙は部屋の床《ゆか》いっぱいにひろがってゆきました。サルの人がつぎつぎにあたらしい紙を準備《じゅんび》します。しわくちゃのおばあさんにも見え、頬《ほお》のまろやかな女の子にも見えるふしぎな人は、ルウ子の描《か》いたものを、とてもおもしろそうに見ていました。

雨があんまり強く降《ふ》り、雷《かみなり》までとどろくせいでしょうか、ひさしの下になった廊《ろう》下《か》の手すりを、一匹《ぴき》のカタツムリがはっています。もしもルウ子が手を止めて、あま色の殻《から》の生きものをじっと観察《かんさつ》していれば、その触角《しょっかく》がなんどもこちらへむけられるのに気がついたでしょう。けれどもルウ子は顔をあげることなく、カタツムリも、夜が消えてゆく気配といっしょにどこかへ行ってしまいました。

やがて外の雨がやみ、朝の光がさしてくるまで、ルウ子は無我夢中《むがむちゅう》で、筆を動かしつづけたのです。

二十二　墨《すみ》と紙

墨《すみ》のにおいをたっぷりとすいこんで、ルウ子は目をさましました。アメ色のつやのある、木の床《ゆか》の上に寝《ね》ていましたが、頭の下にはまくらがあてられ、体には白い毛布《もうふ》がかけてありました。

起きあがると、ほどいたままの髪《かみ》が肩《かた》を掃《は》き、着ている服の布地《ぬのじ》が、しゅるしゅると音をたてました。

「わあ……」

思わず声がもれたのは、広い部屋の床《ゆか》いちめんを、紙がうめつくしていたからです。純白《じゅんぱく》の紙の上を、黒い墨《すみ》が縦横無尽《じゅうおうむじん》に走って、あふれんばかりの絵や図形をくりひろげています。

あの女の人もサルの人もおらず、ルウ子はひとりでした。いつのまに眠《ねむ》ったのだか、ちっともおぼえていません。日の光が入ると、動物の絵のふすまが雪のように白く、床《ゆか》や柱、天井の木材が、なにもかもすいこみそうに黒いのが明らかになりました。雨戸を開けはなった廊下《ろうか》のむこうから、ちろちろと緑の反射《はんしゃ》がゆれるのは、きっと庭の植物です。

そばにある一枚《まい》を手にとってみます。この下手くそな絵は、たしかにルウ子が描《か》いたものです。ここにある絵、ぜんぶを、ルウ子が描《か》いたのです。夢中《むちゅう》で筆を走らせた感覚《かんかく》が、まだはっきりと手にのこっていて、ルウ子はなんだかとほうもない気持ちで、大量の紙たちをながめました。おへそのあたりが透明《とうめい》になったような、きみょうで、おごそかな感じが深々とやどっています。

「グワッ」

ひざのすぐ横で、カエルの鳴き声がしました。ゆうべのカエル、あのふしぎな女の人が、たしか〝イゾー〟と呼《よ》んでいたカエルです。

「びっくりした、ずっとここにいたの？」

たずねても、カエルはなぞめいた金の目を読みとりがたい方角へむけ、なにも返事をしません。

ルウ子はおそるおそる、自分の口もとにふれました。

「しゃべれる」

声に出して言ってみます。

「——わかった！　あたしはルウ子で、〈雨ふる本屋〉から来たの。正確《せいかく》には、外の世界から。そうだ、市立図書館からサーカスがついてきて……」

ルウ子は立ちあがり、長いすそを持ちあげながら、床《ゆか》いちめんの絵の中を歩きまわりました。のたくる線で描《か》いた絵が、ありありと記憶《きおく》をふくらませてゆきます。

サラのこと。ホシ丸くん、ブンリルー。ウキシマ氏。フルホン氏と舞々子《まいまいこ》さん、妖精《ようせい》たち、幽霊《ゆうれい》……

うれしくなって、ルウ子はその場で、くるくると回転しました。服のすそが花びらみたいにひろがって、そこから生まれた風に紙があおられ、舞《ま》いあがります。……けれどもやがて、ルウ子は服のすそといっしょに、心をすぼめました。どうしてみんなとはぐれるはめになったか、もどれなくなったのかも、思いだしたのです。

「――どうしよう」

ルウ子は、墨汁《ぼくじゅう》の色をした服の布地《ぬのじ》をにぎりしめました。帰らなくてはなりません。けれど……

そのとき、しゅっと衣《きぬ》ずれの音がして、廊下《ろうか》からあの女の人と、サルの人がやってきました。

「存分《ぞんぶん》に描《か》いたものじゃ」

部屋へふみ入りながら、女の人は心底《しんそこ》ゆかいそうに紙の群《む》れを見やりました。

「あ、あのう……ありがとうございました。あたし、もとにもどれたみたいです」

ルウ子が言うと、女の人は、うんと年とっても見え、幼《おさな》くも見えるふしぎなおもざしに、頬笑《ほおえ》みを浮《う》かべました。手には、表面にびっしりとこまかな文字が書かれているらしい、白い扇子《せんす》を持っています。

うしろにひかえていたサルの人が、かかげ持っていたお膳《ぜん》を、カエルのそば、ルウ子が寝《ね》ていた毛布《もうふ》のわきに置きました。つややかな漆塗《うるしぬ》りのお膳《ぜん》（ごくごく細い銀の一本線でふちどりがしてあります）の上には、ゆうべもらったハスのかおりのお茶と、まっ黒なチョコレートケーキがのっていました。

気づけば目がまわるほど腹《はら》ペコです。すすめられるまま、ルウ子はカエルのとなりにすわり、大きく切りわけてあるチョコレートケーキを食べました。

「ええと、ここは、どこなんでしょうか？」

ケーキを半分ほど食べてから、ルウ子は上目づかいに女の人を見、たずねました。

「暗沼《くらぬま》の魚の主《あるじ》が、言うておったろう？ ここは墨士館《ぼくしかん》、墨《すみ》で文字や絵を描《か》く館《やかた》じゃ。わたしがこの館《やかた》の墨士《ぼくし》で、いっしょにすんでおるのが侍従《じじゅう》のリンゾー、カエルのイゾー。ほかにはだれもいないが、書くにはまるでさしつかえない。――客人はじつに久方《ひさかた》ぶりじゃ」

ルウ子はケーキのとろりとしたひとかけらを、コクンと飲みこみました。

「あ、あたし、ルウ子っていいます」

女の人――墨士《ぼくし》は、気まぐれなお天気を呼《よ》ぶ雲のような、ふくざつな形に結《ゆ》いあげた髪《かみ》をゆらしてうなずきます。

「おまえは、物語を書いたのじゃな」

まっすぐに見つめられて、ルウ子は手をひざに置き、ゆるゆるとかぶりをふりました。

「……いいえ。おしまいまでたどり着いていないもの、書いたとは言わないわ」

「ふむ。では、書こうとした。やっかいなサーカスの話を、書きなおしてやろうとした」

墨士《ぼくし》は言いながら、閉《と》じた扇子《せんす》でルウ子の描《か》いた絵をさししめしてゆきます。墨《ぼく》士《し》の手が見えない線で絵を結《むす》び、物語をつむいでゆくかのようです。ルウ子のそばでカエルがプクプクとのどをふくらませて、笑ったような顔をしています。

「あのう、あたし、〈雨ふる本屋〉っていう本屋さんへ、帰らなきゃいけないの」

しかし墨士《ぼくし》は、ルウ子の言葉を打ち消すように扇子《せんす》をひろげました。蛇《じゃ》の目模様《めもよう》を持つ翅《はね》を、蛾《が》がだしぬけにひろげたように、扇子《せんす》に書かれた読めない文字が、ルウ子の身動きを封《ふう》じました。

「このまま帰っても、おまえはまた同じことになるじゃろう。書こうとして、書けず、書くのがはずかしくなり――つぎには沼魚《ぬまざかな》よりもっとひどいすがたにかわってしまうであろう。ここにおって、もっと言葉を思いだしなさい。墨士館《ぼくしかん》では、いくら書いて、書きそんじてもかまわない」

とんでもない、と思いましたが、ルウ子はなにも言いかえすことができませんでした。お茶とケーキがおなかの中へ消えてしまうと、お膳《ぜん》がさげられ、かわりにゆうべつかったものとはちがう、タマゴ型《がた》の小さなすずりと銀のカタツムリの文鎮《ぶんちん》、一本きりの筆のおさまった文箱《ふばこ》が、ルウ子の前に置かれました。

サルの頭のリンゾーが紙を用意し、ルウ子は、たすけてもらったことへの感謝《かんしゃ》をあらわすため、言われるままに筆をとりました。あれだけ絵を描《か》いたので、すっかり満足していましたし、これ以上なにかを――すくなくとも、ここで――書く必要なんて、ほんとうはないと思いながら。筆がふれると、紙が墨《すみ》をすって、くしゅっとささやかな音をたてます。その瞬間《しゅんかん》、ルウ子は、自分の言葉がばらばらにちらばったままだと感じました。鋼色《はがねいろ》の針葉樹林《しんようじゅりん》で、はがれて落ちたうろこよりもずっと。そして、これを正しい場所へもどすには、魚のうろこがなおるよりも、ずっと時間がかかり、骨《ほね》も折れるのです。

そうして、思いつくかぎりの文字を書きはじめました。日が暮《く》れるまで書きつづけ、お茶とケーキを食べ、ろうそくの明かりがともされた部屋で、また書きました。真夜中ごろに眠《ねむ》り、日がのぼると起きてまた書き、日が暮《く》れるまで……

それがどのくらいくりかえされたのか、ルウ子は数えませんでしたし、墨士《ぼくし》たちも教えませんでした。

ピチピチと、廊下《ろうか》のむこうから小鳥の声がします。

日に夜をついでの雨が降《ふ》りやんだあくる朝のことで、ルウ子はお茶とチョコレートケーキ、それに殻《から》のついたままのクルミの朝ごはんのあと、ふたたび筆をはこんでいました。

「グワッ」

頭にのっているカエルのイゾーが、ひと声大きく鳴きました。

ルウ子は顔をあげました。

ピチクリ、ピチクリ、小鳥がすぐそこで声を高めてさえずるので、それはやかましいほどです。

小鳥のほうをふりかえって、その羽毛《うもう》がよく知っている青い色なのをたしかめると、ルウ子はほっとして、もう一行だけ書きました。

紙にしみこんだ墨《すみ》が、すうとかわいてつやをなくし、文字の形をひきうけたまま動かなくなります。暗い土の底で、長い年月をかけて、とうとう結晶《けっしょう》ができてくる深々とした静けさが、一瞬間《いっしゅんかん》だけ紙の上に生まれ、そしてすぐに消えました。

土のつぶのように、雨のつぶのように、あるいはまっこうから吹《ふ》いてくる風のように、まだまだ書きたいものが、ルウ子の体内にはぜていました。

「ルウ子！　ルウ子ったら。あっちこっちさがしたんだよ。ほんとうに、大冒険《だいぼうけん》だったた。だけど、ルウ子、帰る理由ができちゃったよ。舞々子《まいまいこ》さんのケーキが、完成したんだ！」

ルウ子が立ちあがると、カエルのイゾーがいきおいよく、頭の上からとびおりました。

「なんだい、カラスみたいなかっこうして」

廊下《ろうか》の手すりにとまったホシ丸くんが、くるくると首をかしげています。

「ちょっと待ってて。すぐに準備《じゅんび》してくるから」

ルウ子は墨《すみ》でそまった服のすそを持ちあげて、ふすまのむこう、となりの部屋へ走りました。

墨士《ぼくし》とリンゾーが待っていて、リンゾーは箱に入ったルウ子の服をさしだします。

あわてて着がえをはじめるルウ子に、くつくつと墨士《ぼくし》が笑いました。

「書きたいものが見つかったのじゃな?」

「はい」

ルウ子はうなずきながらレインコートにそでを通し、首のうしろのフードをのばしました。髪《かみ》の毛をふたつにわけて、耳の下できゅっと結《ゆ》わえます。

「ではこれを、おまえにあげよう」

墨士《ぼくし》が、ルウ子の手をとりました。暗沼《くらぬま》の主《あるじ》が伝言を書いてくれたのと同じ左のてのひらに、墨士《ぼくし》は筆で、美しい字を書いてくれました。

『雨』

ルウ子のてのひらには、そのひと文字がくっきりとしるされています。

「それをかんむりにしなさい。ふさわしいものにあたえなさい」

墨士《ぼくし》は、なぞめいたまなざしでそう言いました。

リンゾーがルウ子のうす緑の長靴《ながぐつ》をさしだします。きれいに洗《あら》われた長靴《ながぐつ》を抱《だ》きしめると、ルウ子は墨士《ぼくし》たちに深くおじぎをしました。

「ありがとうございました。墨《すみ》も、紙も、ケーキもたくさん」

ルウ子の言葉に、墨士《ぼくし》はこくりとうなずいて、外を指さしました。

「はやく行ってやりなさい。そして思うさま、書いてきなさい」

イゾーがリンゾーの頭にとびのって、「ゲコッ」と声をあげました。ふたりの侍《じ》従《じゅう》にも頭をさげ、ルウ子は長靴《ながぐつ》をかかえて、ホシ丸くんの待っている廊下《ろうか》へむかって走りました。

ルウ子が廊下《ろうか》から裏庭《うらにわ》へおりる階段《かいだん》を駆《か》けおり、長靴《ながぐつ》をはくと、ホシ丸くんが手すりからはばたいて頭の上にのりました。

「ほんとにほんとに、うんとさがしまわったよ。しまいには、ブンリルーがタユマユラに手を貸《か》してほしいってたのみに行って、ここじゃないかってつきとめたんだ。

あの、天気の百ツ辻《ももつじ》をこえて、天候大納言《てんこうだいなごん》に会いに行ったんだぜ。ブンリルーはもう、自在師《じざいし》の力を持ってないっていうのにさ。ミスター・ヨンダクレの骸骨船《がいこつせん》を出航《しゅっこう》させたのは、サラなんだ。あの船だったら、空を飛べるもんね。だけど、嵐《あらし》と稲妻《いなずま》にやられて、あとちょっとで難破《なんぱ》するところだったよ。――船の難破《なんぱ》って、わくわくするね！　間一髪《かんいっぱつ》のところで、電々丸《でんでんまる》が仲間の雨童《あめわっぱ》たちに、雨の通り道をつくってもらったんだ。ほんとは雨童《あめわっぱ》がそんなことをしちゃいけないらしいんだけど、舞々子《まいまいこ》さんが、千人の妖精《ようせい》たちから手形《てがた》を集めてくれたんだ。それを見せられると、決まりごとを破《やぶ》ってもゆるさなくちゃならないんだって。――そして、なんといってもいちばんすごいのは、ルウ子の居場所をつきとめたぼくが、天の竜《りゅう》の背中《せなか》にのって、ここまで飛んできたことだぞぅ！　あいつら、すごいんだ、本気で飛ぶと、音速《おんそく》と同じくらいのスピードが出せるんだよ。ぼくは、一回もふり落とされなかった。

この冒険《ぼうけん》は、本にする値打《ねう》ちがあるんじゃないかな。ぼくは読まなくっても、もう冒険《ぼうけん》しちゃったけどさ」

ホシ丸くんのちっぽけなツメがつむじをつかまえ、ふたつにくくった髪《かみ》の毛が、世の中を知らない双子《ふたご》の子狐《こぎつね》のしっぽみたいに、ルウ子の肩《かた》ではずみます。ルウ子は走りながら、プスッと吹《ふ》きだしました。

「ねえ、ホシ丸くんって、なんて軽いのかしら」

「なんだって？　そりゃ、鳥だもの、軽くできてるのさ。なにがそんなにおかしいんだい？」

声をたてて笑うルウ子の頭の上で、ホシ丸くんはふしぎそうにしています。

墨士館《ぼくしかん》の裏手《うらて》には、うっそうとした竹林《ちくりん》が緑玉《りょくぎょく》の色をして、ひろがっています。ホシ丸くんははばたいて前に出ると、くるりと男の子のすがたにかわりました。はだしの足を着地させずに、服の背中《せなか》から翼《つばさ》をひろげます。そうしてルウ子の手をつかみました。

「こっちだよ、はやく、はやく！」

ホシ丸くんは竹林《ちくりん》のしんと澄《す》みとおった空気を切りながら、ルウ子をひっぱります。ルウ子は、いままでこんなにはやく走ったことなんてないのじゃないかと思うほど、走りました。かおり高い竹林《ちくりん》の中を、どんどん深くわけいってゆきました。天へすっくとのびる青緑と、林の深さをたたえた薄闇《うすやみ》とが、幾重《いくえ》にもつらなるたてじま模様《もよう》を織《お》りなしています。竹のふしや、まっすぐな葉をやどした枝《えだ》はいつしか景色《けしき》から消え、ルウ子とホシ丸くんは、おわりのないたてじま模様《もよう》の中を走っていました。

青緑とおぼろな黒から、雪の気配の石灰色《せっかいいろ》と墨汁色《ぼくじゅういろ》へ。ネオンのむらさきとメロンソーダの色、イチゴアイスの色と錆《さ》びた金色、そして、はるかな空色と高い雲の白。

「ようこそ、サーカスへ」

手品《てじな》の原理《げんり》で、とつぜん目の前にあらわれたうさぎが、体を雪玉のようにまるめておじぎをしました。長い耳をぴょんとはねあげ、うさぎが顔をあげると、その手にふたつの書く道具を持っているのがわかりました。

蝶《ちょう》のノートと、透明《とうめい》なペン。ルウ子の落としたペンとノートでした。

「サーカスでの落とし物には、お気をつけください」

すましたようすで、けれどもこの世でいっとうの宝物をかかげ持つような手つきで、うさぎのシッチャカ・メッチャカがペンとノートをさしだします。白いうさぎは、青と白のしま模様《もよう》のお天気に一点だけこぼれた、上空の雪みたいです。

「……サーカスは、もとにもどったの？」

ペンとノートをうけとって、ルウ子がこわごわたずねると、シッチャカ・メッチャカはルビーの色の目を細め、あのなぞめいた笑みを浮《う》かべました。

「いいえ。自由自在《じゆうじざい》のペンの力を拝借《はいしゃく》しても、サーカスが生まれかわることはありませんでした。しかし妖精使《ようせいつか》いが情《なさ》けをかけてくれるようです。ごらんあれ、天《あま》の川《がわ》の氾濫《はんらん》か、悪魔《あくま》の砂糖《さとう》つぼが転覆《てんぷく》したか。偉大《いだい》なるケーキの襲来《しゅうらい》です！」

うさぎが朗々《ろうろう》たる声でさけぶと、周囲《しゅうい》のたてじま模様《もよう》のりんかくが、大きくゆがみました。おしよせた突風《とっぷう》が、サーカスのテントを巻《ま》きあげたのです。

二十三　とほうもないお茶会

『焼きあがったケーキは、名前のとおり、たつまきだった。ホイップクリームとチョコレート・ソースがらせんになってながれてくる。イチゴとアラザンがヒョウみたいに降《ふ》ってくる。ケーキはどんな建物よりも巨大《きょだい》で、とほうもなくって……お皿にもテーブルにものっていないで、空から地面にむかって、そびえてくる。』

ルウ子は、あぶなっかしく飛んでいました。背中《せなか》には発光する蝶《ちょう》の翅《はね》がやどって、ルウ子の体を浮《う》かばせています。

ルウ子は書いていました。蝶《ちょう》の翅《はね》のふらついた飛び方で、クリームや花砂糖《はなざとう》の飛びかう中をかいくぐりながら、ノートに夢中《むちゅう》で書きつけました。

『サーカスのテントは吹《ふ》きとばされ、上からおそってきたたつまきケーキは、すさまじい風をまきおこす。どんな嵐《あらし》だって、ここまですごくない。うずをまきながら、お茶がわいて、あたらしいお菓子《かし》ができあがっていく。アイスクリームは百種類《しゅるい》も、ネックレスみたいに空中でつながってゆく。あらゆるかたちのアメ細工《ざいく》。シナモンのパイが焼けて、お皿にとびのる。』

「わお、すっごいや！　こんなめちゃくちゃなお茶の時間って、はじめてだ！」

ホシ丸くんは歓声《かんせい》をあげながら、そばに飛んできたマグカップをつかまえて、ゴクンとココアを飲みほします。巨大《きょだい》なうずを巻《ま》きながら空をおおうケーキは、突風《とっぷう》をともなってルウ子たちの真上にそびえています。

それはケーキと呼《よ》ぶより、お茶会の襲来《しゅうらい》といったほうがふさわしい光景《こうけい》でした。稲妻《いなずま》がお菓子《かし》を焼きあげ、粉砂糖《こなざとう》の雪がふぶきます。シロップやジュースが雨にな

り、くだものが色もあざやかに降《ふ》ってきます。どこから飛んでくるのか、ふんだんな種類《しゅるい》の花が舞《ま》い、猛々《たけだけ》しさと楽しさとが、竜巻《たつまき》のうずの中でごっちゃになっておどっています。

雨のにおいと、甘《あま》くてこうばしいお菓子《かし》のにおいとお茶の湯気が、心を浮《う》き立たせました。なにか、とんでもないことが展開《てんかい》されてゆく予感《よかん》が、うずを巻《ま》いて襲《おそ》いかかるにおいに呼《よ》び起こされます。

と、甘《あま》いかおりのただ中から、吹《ふ》きとばされたホイップクリームのかけらのように、白い小さなだれかが、飛びだしました。

「おーい、おーい、お姉《ねえ》ちゃん！」

翼《つばさ》の傘《かさ》にぶらさがり、こちらへ手をふっているのは、サラです！

「サラ！」

ルウ子はさけびかえしながら、大嵐《おおあらし》の中をぽつんと飛ぶサラのもとへ近づこうと、もっと書きました。

『ケーキの中心へとびこむと、真上には空が見える。青とばら色の大理石《だいりせき》の色、空をしょっちゅう稲光《いなびかり》が走る。空をお皿にしてそびえるケーキは、まるでお祭りさわぎの塔《とう》みたい。』

サラは、ルウ子に近づくと、ふわりと翼《つばさ》の傘《かさ》をあやつって、竜巻《たつまき》ケーキの生む気流にわざとはまり、きりきり舞《ま》いをしました。サラの白い長靴《ながぐつ》がダンスをおどるように軽やかに宙《ちゅう》を舞《ま》って、笑い声がルウ子の耳に降《ふ》ってきます。

「ケーキができたのよ！　舞々子《まいまいこ》さんの、竜巻《たつまき》ケーキ。キャンディも、ポップコーンも、オルゴールナッツもゼリーの実も、それにお茶もミルクもいっぱい！」

はしゃいだ顔でケーキを見あげて、サラは長靴《ながぐつ》の足で空気をけりました。サラの髪《かみ》の毛の横を、黄金のシロップが流れてゆきます。小麦粉《こむぎこ》がふぶきになり、アラザンやアンゼリカがきらきらと降《ふ》りかかりました――この竜巻《たつまき》の中で、いままさに、竜巻《たつまき》ケーキのお茶会は、準備《じゅんび》をととのえつつあるのです。

「お姉《ねえ》ちゃん、サラ、雨手紙《あめてがみ》を送ったのよ。ちゃんと読んだ？」

「雨手紙《あめてがみ》……？　わかんない、あたし、ぜんぜんべつのものになってたんだもの」

ルウ子のたよりない返事を吹《ふ》きとばすように、サラが傘《かさ》をつかむ手に力をこめ、鼻の穴《あな》をふくらませました。

「サーカスの人たちも、みんなでお茶のパーティにするのよ。お姉《ねえ》ちゃんが、まにあってよかった」

「サーカスの？　それじゃあ、ランランたちは……」

そのとき、ポン、と上のほうから、小ぶりなかんしゃく玉のはぜる音がしました。見あげると、金の星くずを降《ふ》らせる青い煙《けむり》の中から、体をまるめた一頭の子ゾウがあらわれ、細い鼻をプウ、と鳴らしました。すると子ゾウの足の下に、銀色の棒《ぼう》があらわれ、子ゾウがのるなり、見えないほど細い糸が空とつながって、空中ブランコになりました。

空中ブランコにのったランラン・レイニングが、ルウ子にむかっておじぎをします。

「ようこそ、わがサーカスにいちどかぎりの、最高の舞台《ぶたい》へ。お目にかけますのは、竜巻《たつまき》ケーキと曲芸師《きょくげいし》たち、猛獣使《もうじゅうつか》いたちとけだものたちによる、驚異《きょうい》のティーパーティー！」

ランランの号令《ごうれい》によって、天にうずまくケーキのあちらこちらから、いままで逃《に》げたりかくれたりしていたサーカスの芸人《げいにん》たちが、すがたをあらわしました。ランランと同じく空中ブランコにのり、うす桃色《ももいろ》のパラソルをひろげた踊《おど》り子。手をつないで宙《ちゅう》を舞《ま》う人魚の四姉妹《しまい》。星座の花火を、スコール酒《しゅ》の酒瓶《さかびん》をかまえて打ちあげる火吹《ひふ》きイモリ。猛獣使《もうじゅうつか》いたちは腰《こし》から下がりゅうとした尾の海馬《かいば》で、彼《かれ》らといっしょにたくみな飛翔《ひしょう》を見せるのは、銀色の翼《つばさ》に足が一本の雨鳥《あめどり》、うろこもみごとな深海の古代竜《こだいりゅう》、気高い一本牙《きば》をきらびやかにかざす一角《いっかく》クジラ。それに、売店でルウ子にこのノートをくれた、頭にタコをのせた曲芸師《きょくげいし》もいます。

どこからともなく奏《かな》でられるサーカスの音楽が、竜巻《たつまき》ケーキの中にひびきました。

（ああ……どうしてだろう、知ってる）

ルウ子は、きらめくあぶくや雨のつぶや、宙《ちゅう》に舞《ま》う水玉をひきつれてゆっくりと竜巻《たつまき》ケーキの中をおりてくるサーカスを見あげながら、なつかしさがあふれだしそうになる胸《むね》をおさえました。

ほんもののサーカスを、ルウ子は見たことがありません。それなのに、知っています。この、においや光の気配に呼《よ》び起こされる、これからはじまるできごとへの期待《きたい》。あらゆる技《わざ》をこらして、観客《かんきゃく》に魔法《まほう》のひとときを披露《ひろう》してくれる、サーカスへの、やっと会えたという気持ち……

このなつかしさは、どこから生まれてくるのでしょうか？

『空いっぱいのたつまきケーキのうずの中で、サーカスはとってもたのしそうにつづく。

タコの曲芸師《きょくげいし》は、なんてうつくしく体をのばしたりまげたりして、ダンスをおどるんだろう。猛獣《もうじゅう》たちはそれぞれの声でほえながら、曲芸《きょくげい》飛行をしてみせる。人魚の姉妹《しまい》たちがおよぐと、すきとおった尾ビレの先からオーロラみたいな光が流れて、リボンになる。そのリボンの中を、踊《おど》り子が空中ブランコの階段《かいだん》をつたっておりてくる。

あかるくて、きみょうで、こんなにもにぎやかで、……』

ペンを走らせつづけながら、ルウ子はもどかしくてなりませんでした。ちがうのです。それぞれの技《わざ》や動きを書いたって、この光景《こうけい》は、ルウ子が感じていることは書きあらわせません。

それは、曲芸《きょくげい》や踊《おど》りをする者たちの、体の芯《しん》から指先、髪《かみ》の毛の先までつかってあらわしているよろこびのふるえでしたし、猛獣《もうじゅう》たちが生まれ持った体をみごとに動かして描《えが》きだす神秘《しんぴ》の模様《もよう》でしたし、また、それらが一瞬《いっしゅん》ごとに消えてしまうことてもありました。タコの曲芸師《きょくげいし》が、かがやくばかりの笑顔を浮《う》かべ、のばした手の先に、幼《おさな》い鼻をめいっぱいにかかげたランラン・レイニングが片足《かたあし》でとびのります。

風がうずを巻《ま》き、雨がきらきらと降《ふ》りました。雷《かみなり》は、数珠《じゅず》つなぎになった星のようです。

サーカスと、つぎつぎ生まれるお菓子《かし》と花のにおいと、やんちゃな気配の風と雨とが、見ているこちらの体の芯《しん》に、ピリピリと澄《す》んだ電気を走らせます。

ルウ子は体をつきあげるまぶしいような感覚《かんかく》に、めまいがしそうでした。いったい、なににふれているのでしょう。この、おそろしさともうれしさともちがう、もっと深いところから生まれる気持ちを書きあらわすには、どうしたらいいのでしょう。

ルウ子のそばで、ホシ丸くんは青と白のうずまきクッキーを見つけてほおばり、サラは飛んできた五連ドーナッツを、うまく指にひっかけました。

「お姉《ねえ》ちゃん、すごいねえ！　サーカスも、ケーキも、照々美《てるてるみ》さんのお花も！」

サラが、ぷるぷるとふるえながらただよってきた三日月ゼリーをとって、ルウ子にさしだします。三日月の形をした水色のゼリーの中に、銀色の星砂糖《ほしざとう》が閉《と》じこめられています。ガラスの器にゆったりと盛《も》られたホイップクリームが、月をくるむ雲にそっくりでした。

「うん……うん、食べたい。でも待って」

ルウ子はひたすら上をあおいで、そこにひろがる光景《こうけい》を全身に浴《あ》び、ペンを動かしつづけました。

『……こんな光景《こうけい》は、いったいどこから来るのかしら？　これは、だれがつくったの？　これ、というのは、ケーキのことだけじゃなく、サーカスのことだけじゃなく、もっと、なにか大きなもののこと。大きくて、とほうもなくて、だけどいつだってそばにあるもののこと。』

ケーキのむこうでは、空があけぼの色に染《そ》まったり、遠く青く磨《みが》きあげられたり、緑の風を通過《つうか》させたり、雨のしずくを照りはえさせたり、はたまた宵闇《よいやみ》の色に深まったりと、めくるめく時間と天気のあやをなしています。

星座花火は、太陽系の花火にかわり、一角《いっかく》クジラたちが交差《こうさ》させた牙《きば》の上に、パラソルを持った踊《おど》り子がとびのりました。すごいはやさで舞《ま》いあがる光のらせんは、ティーカップのふちに立ったうさぎの投《な》げあげているトランプのカードです。

空の様相《ようそう》を反射《はんしゃ》してかがやくカードのむこう――そびえるケーキの中、手あたりしだいにお菓子《かし》をほおばりながら、サーカスの芸《げい》のあいまを縫《ぬ》い、こちらへ飛んでくるものがあります。いいえ、落ちてくるのかもしれません。とにかくそれは、ぷにぷにとしたビニールシートみたいな体をしていて、そして、甘《あま》いものをつめこめるだけつめこんだ口を必死《ひっし》で動かしながら、なにかさけんでいるのです。

「うわあぁ……よくもどったねえ、おかえり！　ねえ、きみ、こんなときにまで書いてるなんて、どうかしているよ。サーカスと、竜巻《たつまき》ケーキ！　こんなにたまげたお茶の時間に、こんなに、こんなに書いているなんてさあ！」

青白く発光する目から、涙《なみだ》の形の光のすじをひいて、幽霊《ゆうれい》はルウ子にしがみつきました。クラゲじみた体が、ビタッと顔に貼《は》りつき、息ができなくなって、ルウ子はあわてて幽霊《ゆうれい》をひっぺがしました。

「ちょっと、ヒラメキ！　あたし、書いていないと、落っこちちゃうんだからね！」

「いまのルウ子なら、落っこちながらだって、書いてると思うけどな」

ホシ丸くんが笑いました。幽霊《ゆうれい》がルウ子のひじをつかみ、サラが背中《せなか》をささえたので、蝶《ちょう》の翅《はね》が消えてしまっても、ルウ子は落っこちることはありませんでした。

ゆっくりと下降《かこう》してゆくルウ子たちのもとへ、ランラン・レイニングが、足場にしている空中ブランコからふわりととびおり、落下するよりずっとゆるやかに、こちらへおりてきました。

「〈雨ふる本屋〉のみなさんが、下で待っているんです」

子ゾウの目が、ルウ子の目をのぞきこみました。じょうぶなまつ毛に守られたランランの目は、深い色をしながら、空やサーカスの火花を反射《はんしゃ》してかがやいています。

「たいへんなことになってしまって、ごめんなさい。だけど、サーカスを、ぼくたちの本をたすけようとしてくれて、ありがとうございます」

ランランの白い耳が、空気をうけて洗濯物《せんたくもの》のようにはためいています。

ルウ子はその耳のむこうに展開《てんかい》される壮大《そうだい》な天気とお茶会、つつましく、けれども生き生きとしたサーカスの花火やダンス、方々に咲《さ》いては花びらのふぶきになる花々を見あげて、頭の芯《しん》がくらくらしました。頭の中にも胸《むね》の中にも、おなかにも手足の先にも、おさまりきらないほどふくれあがるこれは……そうです。あたらしい、書きたい物語です。

「……どこから生まれてくるの?」

その問いがくちびるからこぼれたとたん、足の裏《うら》が地面にふれました。

「ルウ子ちゃん！　おかえりなさい」

声と同時に、舞々子《まいまいこ》さんのうでが、ルウ子をほとんどかかえあげて抱《だ》きしめました。とつぜんのことにルウ子は声も出せず、舞々子《まいまいこ》さんの苔《こけ》とクモの巣《す》のドレスに顔をおしあてたままになっていました。長い巻《ま》き毛がルウ子の頬《ほお》の上でおどって、そのなめらかさにルウ子はおどろきました。

「いやはや、まったくもって、これだけの大事件が起ころうとは、夢にも思わなかった」

自分の翼《つばさ》でパタパタと顔をあおいだのは、フルホン氏です。ルウ子たちは、ひろびろとした丘《おか》の上にいました。四方を見わたしても、墨士館《ぼくしかん》も、走りぬけてきた竹林《ちくりん》も見えません。若《わか》い草におおわれた丘陵地《きゅうりょうち》がひろがり、丘《おか》のてっぺんにはまるいテーブルが置かれて、そのまわりにみんなが待っていました。

フルホン氏、舞々子《まいまいこ》さん、シオリとセビョーシ。マゼランを肩《かた》にのせた照々美《てるてるみ》さんもいっしょにいます。透明《とうめい》な翅《はね》の生きた蝶《ちょう》を帽子《ぼうし》に飾《かざ》った照々美《てるてるみ》さんは、柄《え》がゾウの顔の形をした杖《つえ》をつき、まっすぐ背《せ》すじをのばして、すぐ真上にそびえる竜巻《たつまき》ケーキを見あげていました。

「ルウ子、味はどうだった？　姉《ねえ》さんのケーキを、サーカスのみなさんも手伝ってくれたのよ」

近づいてくる子ゾウにむかって、リスザルが、キイと小さな歯をむきました。のぎくの花のドレスを着た照々美《てるてるみ》さんは、にっこりと笑って首をかしげます。

「庭で、ケーキはもう完成しそうだったんだけれど、さいごのさいごに、重大な見落としがあることに気がついたのよ。竜巻《たつまき》ケーキのしあげには、〈おどろき〉が必《ひつ》要《よう》だったの」

「フルホンさんたちが、ランランくんや、サーカスのみなさんをつれてきてくださったんですわ。そんなつもりではなかったのですけれど、ケーキのしあげを手伝ってくださって」

照々美《てるてるみ》さんの言葉を、舞々子《まいまいこ》さんがひきつぎました。照々美《てるてるみ》さんの帽子《ぼうし》の蝶《ちょう》が、ひらっと翅《はね》をはためかせます。

「でも、フルホンさんは、姉《ねえ》さんがどうしてもとりくんでみたいこのケーキに、サーカスが必要《ひつよう》だって、ご存《ぞん》じだったんでしょう？　そうして、竜巻《たつまき》ケーキはサーカスにとって、最高の舞台《ぶたい》になるだろう、って」

照々美《てるてるみ》さんに視線《しせん》をむけられ、フルホン氏は首をすくめて、そっぽをむいて目をつむりました。

「いったい、なんのことかね。わたしは、自分の助手がこんなケーキくらいはかんたんにつくれることを、知っておったよ」

ランランは、ぺこりと頭をさげたかっこうのまま、じっとしています。ルウ子はみんなの顔をずいぶんとひさしぶりに見た気持ちがして、なにも言えませんでした。

「ブンリルーは？　店番をしてるの？」

どこかぼんやりとしたままルウ子がたずねると、かたわらのランランがうしろをふりむいて、鼻をくるくるっとまるめこみました。

むこうから、ブンリルーが走ってくるのです。長靴《ながぐつ》の足で、草の上を全速力《ぜんそくりょく》で走ってきます。三つ編《あ》みが、両の肩《かた》の上ではげしくはずんでいました。ブンリルーはひと息に駆《か》けてくると、ルウ子の正面で足を止め、息もととのえないで言いました。

「ルウ子があんまりおそいから、本を読んでたら、来るのがおくれちゃった。……いま、電々丸《でんでんまる》が七宝屋《しっぽうや》さんをつれてきてくれるわ。お茶に招待《しょうたい》するんだけど、もうすこし時間がかかるの。ルウ子は、もっとサーカスを見なくちゃだめ。いっしょに来て」

ブンリルーはルウ子の手をとり、そのままいきおいよくひっぱりました。ランランも、ルウ子のレインコートをつかんだサラも、それについてきます。

「ブンリルー、ねえ……」

ルウ子がせっついて呼《よ》ぶのを聞かずに、ブンリルーはテーブルからはなれ、三つ編《あ》みを風に巻《ま》きあげさせながら、頭上の竜巻《たつまき》ケーキを見あげました。上空ではケーキのうずと、サーカスがくりひろげられています。光と、影《かげ》と、においと音と。一《いっ》瞬《しゅん》たりとも狂《くる》いを見せずに、サーカスは動きつづけます。

と……うずまきのさなかを、白いなにかがただよいおりてきます。それは、白いうさぎの道化師《どうけし》でした。ルウ子ははっと身をこわばらせ、けれど、自分からうさぎのほうへ走ってゆきました。

おりてきたシッチャカ・メッチャカは、こちらへむかって深くこうべをたれると、やわらかな手をかざしました。パリパリと音をたてて、ルウ子たちの足の下に、トランプの階段《かいだん》ができてゆき、うやうやしくおじぎをしたランランを先頭に、みんなはカードの足場をのぼってゆきました。

お茶の湯気がふくよかにかがやき、サーカスの芸人《げいにん》たちは、だれも思いつかないような動きを全身でしてみせ、つるをからませながら咲《さ》いた花が、酔《よ》いそうなほどのみつのにおいを降《ふ》らせます。

トランプカードのらせん階段《かいだん》をのぼりながら、ルウ子は曲芸師《きょくげいし》たちや手品師《てじなし》たちの動きに見とれました。足のつま先から、背中《せなか》のしなり、肩《かた》から指先までの力の伝わり方まで……すべてがサーカスのこの一瞬《いっしゅん》のため、華々《はなばな》しく演出《えんしゅつ》されています。

あらわれては消え、消えてはまた生まれて、見ているルウ子は、ずっと体の芯《しん》がこまかに振動《しんどう》しつづけているのを感じました。

サーカスはルウ子の目の前にあり、けれども同時に、そのきらびやかなおどろきは、ルウ子の中にもあるのです。サーカスはまるで手品《てじな》みたいに、ルウ子の中のおどろきをたぐりだし、それをあらたな魔法《まほう》や曲芸《きょくげい》にかえて、空中にくりひろげてみせます。

まぶしすぎて熱いくらいの気持ちが、おなかの底からせりあがってきて、ルウ子の中に、それはあっというまにおさまりきらなくなりました。

サラが、ルウ子のレインコートをにぎる手に力をこめ、足をはやめて、ほとんどくっつくほどに体をよせます。

「どこから来るの？」

とうとうルウ子は立ち止まって、竜巻《たつまき》ケーキの中で展開《てんかい》されるサーカスに顔をむけたまま、だれにともなく問いかけました。

「これは、どこからやってくるの？」

「たいへん深いところから」

ランラン・レイニングが、自分のサーカスをほこらしそうに見やりながら、こたえます。

「地底の鉱脈《こうみゃく》、ふれる者のない水脈《すいみゃく》のように、深い深いどこかに、あるんです。サーカスや、物語や、音楽や……すばらしいお菓子《かし》をつくったり、うつくしい花を咲《さ》きほこらせる手。冒険《ぼうけん》しようとする心。きっとみんな、とても深いどこかに、その根っこがあり、その根にふれてしまったら、もうあとは、おのおの自分のやり方で、それを世界に伝えるよりほかないのです。——だけど、それにはとっても注意が必要《ひつよう》で」

そこでランランはいったん言葉を切り、宙《ちゅう》をただよってきたソーダ水のコップを鼻でうけとめると、ひと口飲みました。ヒック、と子ゾウがしゃっくりをすると、頭をおおう産毛《うぶげ》が、みんな逆立《さかだ》ちました。

「きっと、一生けんめいに書いてくれんだと思うんです。ぼくらのサーカスの本を、書いた人は。あなたが書きなおそうとしてくれたのと同じくらい、心をこめて、書いてくれたんです。でも、ただ一生けんめいなだけでは、サーカスはお客をよろこばせることができません」

「……うん」

うなずく拍子《ひょうし》に涙《なみだ》がこぼれました。ルウ子は、自分の涙《なみだ》に、花火がくっきりと反《はん》射《しゃ》するのを感じました。踊《おど》り子のパラソルはいつのまにかそりかえって、ひと枝《えだ》の花ざかりのプラムにかわり、花びらの雨が猛獣《もうじゅう》たちの上に降《ふ》りしきりました。

「だけどぼくは、こんな舞台《ぶたい》をお見せできてよかった。ぼくのサーカスは幸せです。いちどっきりでも、こんな機会をあたえられるサーカスは、そうそうないでしょう。だからこのあとは、以前と同じにもどります。市立図書館の棚《たな》で、読んでくれる人があらわれるのをじっと待ちます」

サーカスの上の空が、すこしずつ暗くなってゆきました。花火がますます明るく光ります。空からこちらをのぞくほんものの星が、ルウ子たちには聞きとれない言

葉で、この舞台《ぶたい》についてささやきかわしているようでした。

「あたし、もどったらすぐに本を借りる。どうしても書きたいものがあるの。ランランのサーカスの物語を読んだら、きっと、書けそうな気がする」

プラムの花が咲《さ》くパラソルをかかげた踊《おど》り子がしなやかにおじぎをし、シッチャカ・メッチャカがトランプカードを純銀《じゅんぎん》に変身させ、繊細《せんさい》な細工《さいく》のかんむりにしあげました。猛獣使《もうじゅうつか》いのひとりが、そのかんむりを踊《おど》り子の頭にのせてあげます。花びらが、ふんだんに降《ふ》りそそぎます。

「それは光栄《こうえい》です」

ランランの目もとが笑うのと同時に、ひときわ盛大《せいだい》な花火があがりました。

ひとときも止まることのなかったサーカスが、その大きな音にのって、たてに、横に、手をつなぎあい、晴れやかなおじぎをしました。

ランランがルウ子にむきなおって、コーヒー色の目で見つめました。

「ありがとう。いつかまた、お目にかけることができるといいな」

こっくりと、ルウ子は子ゾウにうなずいて、握手《あくしゅ》のための右手をさしだしました。

「あたし、きっと物語を書くたびに、あなたのサーカスのことを思いだす」

花火はサーカスの真上で、満月のような光の玉になり、その色を白から赤へ、緑へ、銀へ、青へと変化させると、内側から砕《くだ》けて四方八方へはじけ、色彩《しきさい》の滝《たき》となって、サーカスと竜巻《たつまき》ケーキのまわりを流れ落ちました。夜の闇《やみ》と、光のたてじま模《も》様《よう》が、あふれんばかりの甘《あま》いかおりとふしぎをつくしたサーカスをつつみこみ、やがて薄《うす》れて、音もなく消えました。

トランプカードの階段《かいだん》の上にいたはずのルウ子たちは、そろって草の上に立っています。ぱらぱら、と音がして、うさぎのシッチャカ・メッチャカが、トランプをきってそろえ、うしろでにかくして消してしまいました。

サーカスの芸人《げいにん》たちは、体を水のように透《す》かしてこちらへ集まり、ランランが手に持っているあのしま模様《もよう》の本の、開いたページの中へ、順番にすいこまれてゆきます。さいごにシッチャカ・メッチャカが、雪玉みたいな体をすべりこませ、長い耳をたおしてなめらかにおじぎをしました。自分のサーカスが入った本の表紙を、ランランがそっと閉《と》じます。

空までのびる竜巻《たつまき》ケーキはらせん状《じょう》にちぢみ、草原に置かれたテーブルの上へ、そのうずを静かにおろしてゆきました。

おわったのです。にぎやかなサーカスと、世界一盛大《せいだい》なお茶会が。

あとには澄《す》んだ夜の空気がのこり、草と土のにおいをふくんだそれを、ルウ子はそっと、胸《むね》のおく深くまで、すいこみました。

二十四　本棚《ほんだな》へのおみやげ

「おやおや。いまのは、閉幕《へいまく》の花火でしたかな」

夜空のすみっこから飛んできた雨雲、その上から、のんびりとした（のっぺりとした、というほうが正しいかもしれません）声が降《ふ》ってきました。

雲のへりから顔を出しているのは、墨士館《ぼくしかん》のイゾーよりずっと大きな、金色の目をしたカエルです。

「しっぽ屋さーん！」

サラが、灰色《はいいろ》の雲にむかって傘《かさ》をふりました。夜空に月はなく、それでもサラの翼《つばさ》の傘《かさ》がまっ白いのも、カエルのむこうから、まゆを八の字にして顔をのぞかせている電々丸《でんでんまる》もはっきりと見えるのは、丘《おか》の上のテーブルのまわりに、さまざまな種《しゅ》類《るい》の照明《しょうめい》がともされているせいでした。色ガラスのカンテラや、ハスの花の形のろうそくや、千と一の色をうつろわせるランプや……シオリとセビョーシ、マゼランがテーブルの上で火をともし、その明かりを舞々子《まいまいこ》さんと照々美《てるてるみ》さんが、あたりの草の上にならべてゆきます。

「ルウ子！　よくもどったなあ！」

電々丸《でんでんまる》は、下駄《げた》をはいた足をすべらせそうになりながら、雲からとびおり、走ってきてルウ子の頭を力いっぱいなでまわしました。ふたつにわけてくっている髪《かみ》が、ほつれてくしゃくしゃになったのを見たホシ丸くんが、プーッと吹《ふ》きだしました。

「へんな頭。ぶきよう鳥の巣《す》みたいだ！」

「なによ、ホシ丸くん、ぶきよう鳥って」

「ぼくがいま、つくったんだよ」

すました顔で言うホシ丸くんを、ルウ子は思いきり口をへの字にしてにらみつけ、いそいで髪《かみ》をくりなおしました。うしろから、ブンリルーが手伝ってくれます。

「いやあ、しかし、じつにみごとな花火でした」

七宝屋《しっぽうや》が、よいしょと雲からおりてきました。

「舞々子《まいまいこ》たちが、お茶にするから呼《よ》んでこいと言うんでな、ひとっ走り、行ってきたのだ。けど、ちょうどしまいのとこだったな、うん」

残念《ざんねん》そうな電々丸《でんでんまる》に、七宝屋《しっぽうや》はひらひらと緑色の手をふります。

「いいえ、あの流れる滝《たき》のような花火のいきおいといったら。あんなに大きいのに狂《くる》いなく、みやびやかで荘厳《そうごん》な閉幕《へいまく》でした。あれだけでも眼福《がんぷく》というものです」

七宝屋《しっぽうや》は、紺《こん》の羽織《はお》りのたもとに手を入れて、なんども自分の目玉を舌《した》で湿《しめ》らせます。

「七宝屋《しっぽうや》さん、こんばんは。どうぞ、こちらへいらしてください。お茶とお菓子《かし》は、まだまだたくさん用意してあります」

舞々子《まいまいこ》さんが、ランプをひとつかかげて、こちらへやってきました。

「やあやあ、これはありがたい。ちょうどこれから遠出の仕入れに行こうかというところでして、その前に滋養《じよう》をつけておきたかったのです。舞々子《まいまいこ》さんのお茶とお菓子《かし》へのおよばれにあずかれれば、あたらしい仕入れ先へも勇《いさ》んでおもむけましょう」

星の形をしたランプの明かりにつれられて、みんなはお茶のテーブルへむかいました（ホシ丸くんと幽霊《ゆうれい》が空を飛んで、われ先にとお菓子《かし》に突進《とっしん》していったのは、いうまでもありません）。

た。

「あんたも来るのよ」

ブンリルーが背中《せなか》をつつくと、ランランがびっくりして、くるんと鼻を巻《ま》きました。

「あのう、ぼくは、……」

行きしぶるランランを、ルウ子とサラも手伝って、お茶のテーブルまでひっぱってゆきました。テーブルの上には、白い紙を切りぬいて幾重《いくえ》にもかさねたテーブルクロスが、まるいテーブルの中心をはじまりにして、うずまき模様《もよう》を織《お》りなしています。そばに近よって目をこらすと、息を飲むほどこまかい細工《さいく》に切りぬかれた紙は、さまざまな模様《もよう》の浮《う》かぶ魚のうろこになっています。

テーブルには、あふれ咲《さ》く花かごが飾《かざ》られ、そのまわりをばらの花の形をしたアイスクリームがかこんでいます。妖精《ようせい》の翅《はね》の形の薄《うす》い薄《うす》いハッカアメ。てっぺんに五色の火のともったカップケーキ、猫《ねこ》の形をした湯気の立っているシナモンドーナッツ、〈静かの海〉産リンゴのパイ、たくさんのくだものと花が入ったソーダ水……うさぎや魚やカタツムリ、いろんな形にして棒《ぼう》にまきつけてある綿《わた》アメに、花びらのチップス、稲妻《いなずま》入りゼリー、うまく焦《こ》げ目のついたマシュマロプリンがにぎわい、くじら型《がた》のポットには紅茶《こうちゃ》が、バオバブ型《がた》のポットにはコーヒーが、ゾウの形のポットにはココアがたっぷりと入れてあるのです。

全員が席につくなり、あふれんばかりのお茶とお菓子《かし》に、いつもはない異変《いへん》が起こりました。テーブルクロスのうずまきが、回転をはじめたのです。それにあわせて、お茶もお菓子《かし》も、花かごもくだものも、ぐるぐると動きます。

「さあ、お茶にしましょう」

舞々子《まいまいこ》さんが、とてもゆかいげな声で言いました。——ところがそのとき、七宝《しっぽう》屋《や》が、「グワッ」ととんきょうな声をあげたのです。

「おや、あなた、お買い物を必要としていらっしゃる」

カエルに顔をむけられて、目をまるくしたのはランラン・レイニングです。目といっしょにまるくした鼻が、ひしゃげたおもちゃの笛《ふえ》みたいな音をたてました。

「か、買い物?」

「そのとおりです」

七宝屋《しっぽうや》は、たじろいでいるランランにはおかまいなしで、椅子《いす》の上に(テーブルクロスは星の動きのようにまわるのをやめないので、しかたがないのです)、あの七つの箱をならべてゆきました。大きい箱から、ひとまわり小さな箱があらわれ、またふたを開けると中から箱が……赤、だいだい、黄、緑、青、藍《あい》、むらさき。ふたの絵もあざやかな七つの紙細工《かみざいく》の箱が、整列《せいれつ》しました。

「一点もののお買い物は、扇《おうぎ》の箱《はこ》へどうぞ」

七宝屋《しっぽうや》がそう言って、緑に扇《おうぎ》の柄《がら》がちりばめられたまん中の箱を前におしだします。そのときには、もうテーブルのそばに困惑顔《こんわくがお》の子ゾウのすがたはなく、豆つぶほどの白いすがたが、七宝屋《しっぽうや》の箱の中に立って、きょろきょろと周囲《しゅうい》を見まわしていました。

ふたを開けられた箱の中には、あざやかな緑の床《ゆか》とかべ、そして種類《しゅるい》もさまざまな品物の陳列《ちんれつ》された棚《たな》がならんでいます。箱の中にミニチュアのお店があり、七宝屋のお客はこのお店の中へ入って買い物をするのです。

「あのう――ぼくは、えっと、どうすればいいんでしょう?」

ルウ子たちは顔をよせあって、箱の中のお店を見守っています。知らないうちにいっしょに中へ入っていたホシ丸くんが、ランランの頭の上で、青い羽をひろげました。ちっぽけなゾウの上の、ますますちっぽけな小鳥が、くすくすと笑います。

「なんにもしなくていいんだよ。ここじゃ、七宝屋《しっぽうや》さんが、お客に必要なものを見ぬいて、売ってくれるんだから」

お店の棚《たな》は、まるで古い博物館《はくぶつかん》の倉庫《そうこ》のような、ガラス戸つきのものばかりでした。中に、標本箱《ひょうほんばこ》におさまった宝石《ほうせき》や、ケースにしまわれた鳥の羽根と鉱石《こうせき》のタマゴ、炎《ほのお》でできた花の一輪《りん》ざしや、人魚用のくし、魚のおなかから出てきた指環《ゆびわ》のコレクションなどがおさまっています。かべには動物のツノや牙《きば》、頭骨《ずこつ》の化石《かせき》が陳列《ちんれつ》されています。

「これです、これです」

七宝屋《しっぽうや》は、数ある棚《たな》の中からひとつの品物を選びとってきて、手の中につつんだそれを、子ゾウにさしだしました。

「月光干《げっこうぼ》しの紙による、しおり。お客さまにご入用なのは、こちらです」

それは、細長く切った白い紙に色つきのリボンをむすんだ、ふつうのしおりに見えます。七宝屋《しっぽうや》が、立ちつくしているランランに説明しました。

「こちらは〈人魚のしっぽ舎《しゃ》〉の製品《せいひん》でして、あまりに手間がかかるというので、残念《ざんねん》ながら、いまではつくられておりません。じょうぶですがたいへん薄《うす》く、どんな本にはさんでも、おつかいいただけます」

「それってつまり、ただのしおりってこと?」

ホシ丸くんが首をかしげ、七宝屋《しっぽうや》が満足げに笑みを浮《う》かべました。

「かならずや、お客さまの役に立つ品です」

「だけど、ぼく、かわりにおわたしできるものが、なんにも……」

ランランはすっかり、しどろもどろです。しかし、七宝屋《しっぽうや》は、お客がとまどうのなんて慣《な》れたもので、ゆったりとうけこたえをします。

「ご心配はご無用です。お代としてちょうだいしますのは、その商品を買わなかった場合の、お客さまの未来ですから」

ブンリルーが、お店の中のやりとりを息をつめて見つめています。ルウ子は、ランランのおなかのあたりから、透明《とうめい》な帯《おび》のようなものが流れてただようのをはっきりと見ました。それは、息を飲むほど長い長い帯《おび》だったのです。

スラァリ。

透明《とうめい》な帯《おび》、しおりを買わなかった場合のランランの未来は、お代として七宝屋《しっぽうや》のつぼの中へすいこまれ、見えなくなりました。

「フム。こちらにのこった――〝しおりを買った場合の未来〟は、いまつぼの中へ消えたものよりも、さらに長いにちがいない」

フルホン氏が重々しくうなずきながら、こうばしいドラゴンナッツがふりかかったタルトを、くちばしにほうりこみました。

しおりを持ったランランがお店からもどってくると、フルホン氏はタルトを雷雲《らいうん》コーヒーで飲みくだし、子ゾウの前に立ちました。

「ランランくん。きみたちのサーカスに必要なのは、待つことだ。いかなるできの作品であろうと、それを読むべき読み手は世界のどこかにいるものだ。きみの本を手にとり、これこそは自分のために書かれたものだと思う……ふさわしい読み手とめぐりあうのを、しんぼう強く待つことだ。幸いにも、本の寿命《じゅみょう》は、並みの生きものよりも長い」

ランランは、買ったばかりのしおりをたいせつそうに両手にはさみ、長いまつ毛の先に涙《なみだ》をやどして、うなずきました。

「さあ、お茶にしましょう。とってもたくさんつくったから、お菓子《かし》もどんどん食べてね。——わたくし、あんなにりっぱなサーカスといっしょにケーキを完成させられるなんて、夢にも思いませんでした。ものすごいことにとりくんでみるって、心がまあたらしくなったような気持ちがするものなのね」

しみじみと言う舞々子《まいまいこ》さんに、照々美《てるてるみ》さんが帽子《ぼうし》の蝶《ちょう》をゆらして、口の中に笑いをふくみました。

「ほらね、だから、姉《ねえ》さんはホシ丸くんの冒険《ぼうけん》好きを心配しすぎなのだって、いつも言うでしょう？　どうするべきか迷《まよ》うときには、冒険《ぼうけん》を選べばいいのよ」

テーブルの上に陣取《じんど》ってトビウオ型《がた》のマンゴーをかじっていたリスザルのマゼランが、のんびりしすぎなきらいのある照々美《てるてるみ》さんをふりかえって、キイ、と顔をしかめました。

シオリとセビョーシは、おしゃべりもわすれておいしいものを口へつめこみつづける幽霊《ゆうれい》のところへ、せっせとお皿やコップをはこんでいます。はこぶそばから、お皿もコップもテーブルクロスの動きにのって移動《いどう》してしまうので、幽霊《ゆうれい》は宙《ちゅう》を飛んでそれを追《お》いかけました。

まわるごとに、テーブルの上のお菓子《かし》はさまがわりしてゆきました。お茶のテーブルで、一瞬《いっしゅん》も止まらない手品《てじな》がくりひろげられているみたいです。

七宝屋《しっぽうや》は雨のつぶをかたどったゼリーを氷の木からつまみとり、ペロリとピンクの舌《した》にのせ、電々丸《でんでんまる》は下で雨を降《ふ》らせている積乱雲《せきらんうん》のソフトクリームにスプーンでいどみながら、大量のお菓子《かし》にどこかあきれ顔です。

「しかし、こんなにしこたまつくって、どうするつもりなのだ？　ここにいる人数だけじゃ、とてもじゃないが食べきらんと思うのだ、うん」

「あら、ですから、竜巻《たつまき》ケーキというんです。つぎの風が吹《ふ》いたら、ここにある食べものも飲みものも、竜巻《たつまき》になってべつのどこかへ行くんですわ」

「どこか、お茶会をしたがっている人たちのいる場所にね」

舞々子《まいまいこ》さんの言葉を、照々美《てるてるみ》さんがひきつぎました。

ルウ子はすっかりおなかが満《み》ちたりて、みんなのかこんでいるお茶のテーブルの上を見あげました。テーブルのまわりはたくさんのランプであかあかとしているのに、空に息づいていた星は、さっきよりもその光を薄《うす》めているようです。夜の暗さもどこかぼんやりとして、強い風でも吹《ふ》きつければ、夜空そのものが飛んでいってしまいそうでした。このさびしい雰囲気《ふんいき》は、サーカスがおわったあとだからなのかもしれません。

笑顔でいるみんなの顔にも、どこかさびしさの影《かげ》がちらついているのに、ルウ子は気がつきました。お菓子《かし》に夢中《むちゅう》なのは、幽霊《ゆうれい》ただひとりです。幽霊《ゆうれい》は、いちばん大きなシルクハット型《がた》のチョコレートケーキにかじりつき、飲みくだすと、きゅっきゅと口のまわりをふきました。そうしていきおいよく椅子《いす》から浮《う》かびあがると、告《つ》げたのです。

「よぉーし！　わがはい、ひと足先にお店へもどって、王国のお話を、完成させちゃうよ！　いまだ、いまだぞ、一気《いっき》に書きあげるときが来たのよぅ！」

キイキイ声でさけぶなり、幽霊《ゆうれい》はおぼろな夜空へ舞《ま》いあがり、流れ星のように飛んでいってしまいました。

満足げにうなずいたのは、ガラスのパイプをくゆらせているフルホン氏です。

「じつにすばらしい。あのたよりなかった幽霊《ゆうれい》くんにも、作家のかんろくがついてきたではないか。物語の到来《とうらい》にあわてふためき、それを追《お》いはじめたら逃《に》がさない。猟犬《りょうけん》のようにだ」

「ははは、それもこれも、フルホンさんのきびしい導《みちび》きあってこそでしょう」

「なにをおっしゃるか、七宝屋《しっぽうや》どの。わたしは、何者をも導《みちび》くような立場ではありませんぞ。わたしは古本屋、物語に仕《つか》えるドードー鳥です。ときおり、幽霊《ゆうれい》くんがむしょうにうらやましくなりますよ。なにしろ彼は、物語の誕生《たんじょう》する深い場所の、もっとも近くにいて仕事をしているのですから」

やがて、みんな満《み》ち足りた気持ちで、フォークやティーカップ、からっぽのお皿やくだものの種を置きました。

だれからともなくお茶会はおわり、テーブルのまわりを飾《かざ》りたてて照らしていた照明が、ひとつ、またひとつと消えてゆきました。さいごには、舞々子《まいまいこ》さんが手にしている巻《ま》き貝《がい》の形のランプの明かりだけが、みんなの中心にのこりました。

「舞々子《まいまいこ》さん、それ、カタツムリのランプなの？」

サラが、舞々子《まいまいこ》さんに体をよせながら、目をぱっちりと開いて明かりを見あげます。

「にているでしょう？　これは、ハウエリセラスの化石《かせき》でできたランプなの。とても古い生きものの形が、いまでもくりかえされているんだわ」

舞々子《まいまいこ》さんのさげているランプは、タマゴの殻《から》の色合いをしたうずまきの中心から、ほのかな、しかしたしかな明かりをはなって、背後《はいご》のさびしい気配と暗がりから、ルウ子たちみんなを守りました。

「では諸君《しょくん》、わが〈雨ふる本屋〉へ帰るとしよう」

フルホン氏が、くちばしをかかげて言いました。

二十五　めでたきうえにも、めでたし

しとしとと、かわらない調子でやさしい雨の降《ふ》る〈雨ふる本屋〉へもどってくると、草の床《ゆか》のまん中に、ミスター・ヨンダクレがいくぶんきゅうくつそうに座《すわ》っていました。

「お店番を、どうもありがとうございました！　お待たせしてしまって。これ、おみやげのケーキです」

舞々子《まいまいこ》さんが、まっ先に骨《ほね》の竜《りゅう》に駆《か》けよって、ケーキの入ったかごをさしだしました。ミスター・ヨンダクレにるすをまかせて、お店の中は、多少ちらかっているようです。棚《たな》に座《すわ》っていた人形が草の上で寝《ね》ていたり、土や金属《きんぞく》でできた星の模型《もけい》の軌道《きどう》がずれていたり、動く地図の上の渡《わた》り鳥や航海中《こうかいちゅう》の船が、ひとつも見えなくなっていたり……そして、床《ゆか》の上にうずたかく本がつみあげられ、本の塔《とう》が集まって、山を形づくっていたり。けれど、書物に酔《よ》いしれた大きな体のミスター・ヨンダクレをひとりのこしていったのですから、これくらいはしかたがないというものです。

〈雨ふる本〉のページのあいだから飛んで出た本の虫、読みあさり文々《ぶんぶん》たちが、骨《ほね》の竜《りゅう》の体のあちこちに、したわしげによりそっています。

ミスター・ヨンダクレは、読んでいた本から顔をあげ、どこか夢見ごこちにうなりました。

「ウーム、もうもどってきたのであーるか？　とはいえ、これで店じゅうの本を、二度も読みかえしているのである。どれもおもむき深いが、そろそろあたらしい本を読みたかったところなのである！」

枝《えだ》ヅノにとりついていた読みあさり文々《ぶんぶん》が何匹《なんびき》か、ハエにそっくりな翅《はね》をはばたいてブンブンと飛びまわりました。フルホン氏が、すかさずバッと翼《つばさ》をひろげました。

「ミスター・ヨンダクレ、書物に酔《よ》いしれし者であるあなたに店番をつとめていただけたのは、わが〈雨ふる本屋〉史上《しじょう》、たいへんに名誉《めいよ》なことです。あたらしい本は、もうじきにできあがるでしょう。いま、幽霊《ゆうれい》くんが、のこりの原稿《げんこう》を執筆中《しっぴつちゅう》です」

それを聞いたミスター・ヨンダクレは、首をもたげてうれしそうに咆哮《ほうこう》しました。

「それは、それは、めでたきことであーる！　……しかれど、フルホン氏よ。わたくしには、ひとつ気がかりなことがある。幽霊《ゆうれい》作家のうでまえを心配するわけではないのである。ただ――勝手に入ってすまないのであるが――わたくしが見てきたところでは、あの本をのせた花には、なにかがたりない。あとひとつ、重要《じゅうよう》な要素《ようそ》がたりないのである」

フルホン氏は目をみはりましたが、緊張《きんちょう》する背中《せなか》の羽毛《うもう》を落ちつかせて、ミスター・ヨンダクレにくちばしをよせました。

「たりない要素《ようそ》、というと？」

「〈雨ふる本〉の土台となる花に、栄養《えいよう》がたりていないのかしら？」

フルホン氏のうしろで首をかしげたのは、照々美《てるてるみ》さんです。杖《つえ》をついてみんなについてきながら、照々美《てるてるみ》さんはミスター・ヨンダクレのすがたに、あけぼの色の目をかがやかせました。

「なんてりっぱな竜《りゅう》でしょう。背《せ》が高いから、きっと高い木の枝《えだ》の剪定《せんてい》も上手でしょうね。手は器用そうだもの、おわった花をつむのにも、こまかい草をひくのにも、むいていそう。水やりや、肥料《ひりょう》をまくのにも……」

「照々美《てるてるみ》さん、ヨンダクレさんは、フルホンさんやブンリルーお姉《ねえ》ちゃんみたいに、ずーっと本を読んでなきゃいられないのよ」

ほれぼれとミスター・ヨンダクレをながめる照々美《てるてるみ》さんに、サラが釘《くぎ》をさします。それを証明《しょうめい》してみせるかのように、ペタリとミスター・ヨンダクレのわきに座《すわ》りこんだブンリルーが、とにもかくにも手のふれる場所にあった本をとって、読みはじめました。長らくなにも食べずに疲《つか》れはてた人のように、ページに顔をよせ、きっともうまわりのことなどひとつも見えていません。

「まあ。だけど、土にふれる者は、よく本も読むのよ。晴耕雨読《せいこううどく》というでしょう?」

「フム、フム、たしかに、まぎれもなく。あなたは庭師《にわし》をしておいでか? では、これは読まれただろうか、『十二の月と四太陽の庭ごよみ』」

「ええ、愛読しております。こちらも好きですわ、『高山《こうざん》ヤギとヒナゲシからはじまる博物学《はくぶつがく》』、それに『パキプス博士《はかせ》の五百年後の庭』」

ため息をつきつつ、フルホン氏がかぶりをふります。ミスター・ヨンダクレと話しこみはじめた照々美《てるてるみ》さんをお店にのこして、みんなは製本室《せいほんしつ》へむかいました。

さらさらと雨の降《ふ》る、明るい製本室《せいほんしつ》——そのガラスの足場には、無数の紙がちらばっています。湖の中央で育ちかけている王国の〈雨ふる本〉を前に、幽霊《ゆうれい》がガラスの通路につっぷし、原稿用紙《げんこうようし》にかじりつかんばかりに、ペンをふるっているのです。

すべって水に落ちそうな原稿用紙《げんこうようし》を、シオリとセビョーシがすばやく飛んでいってかき集めます。ホシ丸くんは、ルウ子の髪《かみ》の毛に足のツメをしっかりとからませて、どうやら頭の上で寝《ね》てしまっています。

「さあ、いよいよだ……ほんとうならばこの瞬間《しゅんかん》に、ぜひウキシマ氏にも立ち会ってもらいたかったのだが」

フルホン氏が、集中しきっている幽霊《ゆうれい》の邪魔《じゃま》をしないよう、声を低めて言いました。けれども、フルホン氏はもちろん、みんなの胸《むね》に、ミスター・ヨンダクレの言葉がひっかかっていました。ルウ子は、湖の中心の、ひときわ大きな花を見やります。

（本に必要な原稿《げんこう》は、幽霊《ゆうれい》がみんな書いてるはずだわ。土台の花にたりないものって、なに……？）

オーロラ色のスイレンの花は、花びらどうしのすきまにひみつの気配をふくませて、みごとに咲《さ》いていています。なにも、たりないものがあるようになんて見えませんでした。

幽霊《ゆうれい》の不死鳥《ふしちょう》の羽根ペンが、すごいはやさで動いています。いちどもふりかえらない幽霊《ゆうれい》は、製本室《せいほんしつ》にルウ子たちが入ってきたことにさえ、まるで気がついていないようでした。するすると動きつづけるペンは、どんな物語の結末を書いているのでしょう。ルウ子の手は、知らず知らず、ポケットの中の気ままインクのペンをにぎりしめていました。幽霊《ゆうれい》のクラゲそっくりの背中《せなか》から、ルウ子の体へ、得体《えたい》の知れない熱が伝わってくるみたいです。竜巻《たつまき》ケーキの中でサーカスを見ていたときと同じに、体じゅうの血管《けっかん》が見えない光をめぐらせるようでした。

と、ふいに、サラがルウ子の手をひっぱりました。

「……お姉《ねえ》ちゃん、これなあに？」

ヒソヒソ声でたずねるサラを、なんのことかと思いながらふりむいたルウ子は、思わず大きな声をあげそうになって、あわててくちびるをひき結《むす》びました。

『雨』

てのひらにまっ黒なひと文字があります。墨士《ぼくし》が書いてくれた、あの文字でした。

――それをかんむりにしなさい。ふさわしいものにあたえなさい。

墨士《ぼくし》はルウ子に、そう教えてくれたのです。

ルウ子は、製本室《せいほんしつ》の明るい天井から降《ふ》る雨を見あげました。そして、なにかに導《みちび》かれるように通路のはしすれすれまで行くと、墨士《ぼくし》にひと文字をもらったてのひらを、雨にかざしました。

透《す》きとおっているのに重い手ごたえがたしかにあって、ルウ子は、自分のてのひらが水面のように雨によってはねあがり、波紋《はもん》をつくり、雨を通過《つうか》させてゆくのをはっきりと見ました。

ピュウ、と鼻から音を出したのは、ランランです。その音に呼《よ》ばれて、ホシ丸くんがくちばしを持ちあげました。

「これは、なんです……？」

おどろきに口をあんぐり開けているサラの横から、ランランがのぞきこみました。

「わかんない。でも――」

ルウ子の声が、ふるえてほどけ、水の流れる音になってゆきます。また体が変化して、魚になってしまったらどうしよう、ルウ子がひやりとしたのを読みとったかのように、サラが、ルウ子にしがみつきました。ところが、サラの小さな手の力などおかまいなしに、雨はルウ子のりんかくを波立たせてゆるがしつづけ、とうとうルウ子は体じゅうが、雨をはねかえす水になってしまうのを感じました。

幽霊《ゆうれい》はどんどん書きつづけています。墨士館《ぼくしかん》で筆を動かしつづけたルウ子も、あんなふうだったでしょうか。あんなふうに、魂《たましい》さえどこかへかくれてしまうほど、物語ととっくみあっていたでしょうか。

雨がルウ子の手を通過《つうか》してゆき、ルウ子が雨のしずくにのって、スイレンにた花たちの、王国の物語の本の浮《う》かぶ湖にそそがれてゆきます。

ランラン・レイニングが一歩前へ進みでて、幼《おさな》い鼻を高々とかかげました。天井へむけてのばした鼻を指揮棒《しきぼう》にして、ランランはどこまでも通るゾウの声で鳴きました。ゾウの声は、空気にあらゆる方位の波紋《はもん》を生み、それはつぎつぎと連鎖《れんさ》してふくれあがり、高く、低く、はてなくひびきわたって、そうして雨を呼《よ》ぶのです。

波うつルウ子の皮膚《ひふ》が、ランランの声に呼《よ》ばれてふるえました。ばらばらに湖へそそいでいたしずくが、ランランに呼《よ》びよせられ、製本室《せいほんしつ》の天井へ、集まって浮《う》かびあがります。はねながら、それは、雨のしずくでできたかんむりの形になってゆきました。

一瞬《いっしゅん》のち、雨のかんむりは、猛獣使《もうじゅうつか》いが踊《おど》り子にしたのと同じに、ゆっくりとおごそかに、王国の本をのせた花の上へおりてゆきました。

耳ではとらえることのできない、澄《す》んだ音色が、製本室《せいほんしつ》にひびきわたります。湖の中心に咲《さ》く花の根もとから、真円《しんえん》の波紋《はもん》がひろがりました。その瞬間《しゅんかん》に、さかいめが水に溶《と》けていたルウ子の体は、はっきりともとの形をとりもどしました。サラが、ぎゅっとルウ子にしがみつきます。

「ミスター・ヨンダクレのおっしゃっていたのは、これですね」

舞々子《まいまいこ》さんが、ひかえめな声でささやきました。

「ほっぽり森で咲《さ》く花の、いちばんの栄養《えいよう》――ルウ子ちゃんの、生きている人間の〈夢の力〉」

舞々子《まいまいこ》さんの言葉に、フルホン氏も重々しくうなずきましたが、ルウ子は、あれは〈夢の力〉、想像力《そうぞうりょく》ではなく、もっと深いところにあるなにかじゃないかしら、と思いました。竜巻《たつまき》ケーキの中で、ランランといっしょにふれた、あの、名前のないなにかです。

幽霊《ゆうれい》はゼエゼエと息もたえだえに、わななく手で原稿用紙《げんこうようし》を……さいごの一枚《まい》をかかげ持ち、自分で、花の浮《う》かぶ湖へそれを浮《う》かべました。原稿《げんこう》のくくりには、幽《ゆう》霊《れい》の、あの二重丸になるくせのある句点《くてん》が打たれ、〈おしまい〉の文字が、ふにゃふにゃ流の下手くそな文字で書かれています。

おだやかな波紋《はもん》がひいて、幽霊《ゆうれい》の書いた原稿《げんこう》をさらってゆきます。ルウ子は雨にのってそそぎこまれた自分のかけらたちが、たくさんの稚魚《ちぎょ》の群《む》れみたいに幽霊《ゆうれい》の原稿《げんこう》をはこぶのを感じました。水にのせて、ちゃんと本のところまで。

製本室《せいほんしつ》の雨脚《あまあし》がとつぜん強くなり、ルウ子はそれといっしょにふるえました。まだ、体が雨とつながっているのかもしれません。王国の本が完成してゆきます。まるで、世界がそれを待っていてくれたかのようで、たしかに世界は、すばらしいものの完成を、いつだって待っていて、ルウ子には物語を書くことが、ゆるされているのでした。たとえかんぺきな形に書きあげるまでに、とてつもない時間がかかったとしても。

雨があんまりいきおいよく降《ふ》るので、湖のまん中に浮《う》かぶひときわ大きな花のりんかくが、かすんで見えました。白くかすんでいる花の影《かげ》が、ますますぼんやりしてゆきます……が、それは雨脚《あまあし》のせいばかりではなく、折りかさなった花びらの数が、百をこえるほどにふえたせいなのでした。

強い雨が降《ふ》りしきったのは、ほんのひとときのことです。

雨のいきおいは弱まって、みんなは声もあげずに、製本室《せいほんしつ》の中心の花を見つめていました。

オーロラ色のセロファンをかさねたようだった花の形は、いまや海へ落ちかかった満月の光のようにまろやかで、まっ白でした。その開ききった花弁《かべん》の上、わずかに宙《ちゅう》に浮《う》いて、いままさにできあがったばかりの本が、だれかの手にとられるのを待っています。

しばらくだれも、まばたきすらわすれていました。チュン、とくしゃみをしたのはホシ丸くんです。小鳥の足に髪《かみ》の毛がひっぱられて、ルウ子の体がもとどおりにあることを教えます。ホシ丸くんのくしゃみをあいずに、フルホン氏がブルッと羽毛を逆立《さかだ》たせ、舞々子《まいまいこ》さんがゆっくりと手をたたいて、妖精《ようせい》たちに命じました。

「シオリ、セビョーシ……本をはこんできて」

妖精《ようせい》たちがおごそかなおももちで、重厚《じゅうこう》な本をはこんでくるあいだ、ルウ子たちはどれほど気を張《は》りつめていたでしょう。妖精《ようせい》たちはまっすぐ、フルホン氏の前へ飛んでくると、本をさしだそうとしました。しかしフルホン氏は、重たげなくちばしをゆっくりふると、翼《つばさ》で幽霊《ゆうれい》をさししめしました。

シオリとセビョーシに見つめられ、ガラスの足場にはいつくばったままだった幽《ゆう》霊《れい》は、プルプルッと体の表面にさざ波を走らせました。手にはまだ、羽根ペンをにぎったままです。

妖精《ようせい》たちのささげ持つ本が目の前にやってきて、幽霊《ゆうれい》は悲鳴《ひめい》をあげる寸前《すんぜん》の形に口を開けたまま、全身をわななかせました。

「わ……わ……わあぁぁ！」

大声で泣きわめきながら、幽霊《ゆうれい》は、ガバリとフルホン氏の首っ玉にしがみついたのです。フルホン氏は満月メガネのおくでぐっと目を閉《と》じ、羽の先で目頭《めがしら》をおさえてから、幽霊《ゆうれい》の背中《せなか》をたたきました。

「で、で、で……」

「そうとも、幽霊《ゆうれい》くん。できあがったのだ。王国の物語の、完成だ！」

ぽかんと目を見開いていたサラが、ルウ子の顔を見あげました。ルウ子はまばたきをし、自分の髪《かみ》の毛をそっとひっぱって、ちゃんと体があることをたしかめます。ポケットにふれ、自分のペンがそこにあるのもたしかめました。

フルホン氏が、顔をおおっておいおいと泣く幽霊《ゆうれい》にかわって、本を開いてたしかめています。いつもいかめしいフルホン氏の表情《ひょうじょう》が、とほうもない遊びをやりとげたあとみたいに、よろこびとおそれをあらわして目じりと口のはしをさげ、つややかなくちばしはわなないています。

すばらしい本がいま、できあがったのです。

「舞々子《まいまいこ》くん、これは、わが〈雨ふる本屋〉史上《しじょう》、屈指《くっし》の名作だ」

「ええ、フルホンさんのお顔を見ていれば、わかります。――でもフルホンさん、いい本ができあがったときには、いつだってそんなお顔をしておいでですよ」

舞々子《まいまいこ》さんが巻《ま》き毛のまわりの真珠《しんじゅ》つぶをふわりとゆらし、妖精《ようせい》たちがはしゃいだようすで、ドレスの肩《かた》にしがみつきました。

「ああ、いいなあ。ぼくもこんなふうに、よろこばれる本になりたかったなあ……」

ランランが笑った顔のまま、鼻を上へ巻《ま》きあげてかぼそく鳴きました。ルウ子の頭からとびおりたホシ丸くんが（ひっかかっていた髪《かみ》のすじが何本か切れましたが、ルウ子は気にしませんでした）、くるりと男の子のすがたになって、サーカスの子ゾウの背中《せなか》をたたきました。

「読んでくれる人を待つのがたいくつになったら、こっちへ冒険《ぼうけん》しに来ればいいのさ。それに、ぼく、あのすいすい走る綱渡《つなわた》りをできるようになりたいなあ！」

鼻をくねらせて、ランラン・レイニングは自分の目をぬぐいました。ずっとたいせつに持っているしおりを両の手にはさんで、ランランは幼《おさな》い鼻をめいっぱいにのばし、空中に見えない輪《わ》をえがきながら、サーカスの流儀《りゅうぎ》にのっとったおじぎをしました。そうして白い子ゾウは、パチンとはぜるように消えてしまったのです。

――図書館の本棚《ほんだな》へさがしに行けば、会えるにちがいありません。

フルホン氏と舞々子《まいまいこ》さんにうながされ、ルウ子たちは明るい雨でいっぱいの製本《せいほん》室《しつ》から、お店へもどりました。シオリとセビョーシが、完成した王国の〈雨ふる本〉をはこんでゆきますが、きっとだれがさいしょに読むかが決まるまで、大さわぎになるにちがいないと、ルウ子は思いました。

*

『……こうして、書き手の手をはなれ、万年樹《まんねんじゅ》の枝《えだ》にひっかかったままになっていた冒険記《ぼうけんき》は、とうとう発見された。だけど、それを見つけたのは、タン・プル・タン隊長《たいちょう》ひきいる探検隊《たんけんたい》でも、ジャングルをぬけてきた霧《きり》の魔法使《まほうつか》いでもなかった。

ぼろぼろになった冒険記《ぼうけんき》のノートを、からみつきあう枝《えだ》からとりあげたのは、たくさんの腕輪《うでわ》をはめた手だ。黒くてもじゃもじゃの髪《かみ》の毛に大きな目をしたその女の子は、せなかにワシのつばさを折りたたんでいた。

「おーい、つぎの街《まち》へいくぞ」

万年樹《まんねんじゅ》のはるか下にある地面から、仲間たちが呼《よ》んだ。しまもようの屋根の馬車《ばしゃ》をつらねた、旅のサーカス団《だん》だ。

女の子は、コクンとうなずいて、羽をひろげて枝《えだ》からとんだ。手には、冒険記《ぼうけんき》のノートをしっかりとにぎっている。

冒険記《ぼうけんき》は完成していないから、読んだら、この子はきっとそのつづきを書くだろう。けれども、そんなことはまだ知らないで、女の子は、森の木々に自分の翼《つばさ》のかげがおちるのを見ながら、サーカス団《だん》のもとへ舞《ま》いおりていった』

〈おしまい〉の文字を書きそえて、ルウ子はふーっと、胸《むね》の底から息をはきだしました。

図書館の外はよく晴れていて、風がそよぐと、学習用のテーブルに木漏《こも》れ日《び》がゆれ動きます。

テーブルの自分の席のまわりにつみあげた本にかくれるようにして、ルウ子は書きおえた物語の入っているノートに頬《ほお》をあててつっぷしました。目を閉《と》じると、まぶたを木漏《こも》れ日《び》がちらちらとくすぐります。うっとりとしながら、けれども書きあがったこれがおもしろいのだか、はやくも不安がうずを巻《ま》きだします。

「お姉《ねえ》ちゃん、図書館でお昼寝《ひるね》したらだめよ」

サラが、ルウ子の背中《せなか》をつつきました。

うーんとうめきながら体を起こすルウ子をのぞきこんで、サラは目をぱちくりさせました。

「お姉《ねえ》ちゃん、なんだかヒラメキ幽霊《ゆうれい》さんにそっくり。——あっ！　お話が、書けたの？」

声を低くしながらも、サラはおどろきをこめてさけびます。うーん、と、ルウ子はまたうめきました。まだ体が物語から帰ってきていなくて、サラの言葉に上手に返事をすることができません。

「ねえねえ、それ、フルホンさんに見てもらうんでしょう？　それとも先に、ブンリルーお姉《ねえ》ちゃんに見せてあげるの？」

「そうだなあ……」

ルウ子はようやく立ちあがって、ノートや筆箱をかばんにしまい、つみあげていた本を棚《たな》にもどすため、よいしょとかかえあげます。フルホン氏に見せるには、まったく自信がありません。それにフルホン氏は、いま、やっと順番のまわってきた王国の物語を読むのに没頭《ぼっとう》しているはずでした。ウキシマ氏、ミスター・ヨンダクレとブンリルー（このふたりは、同時に読んだのです。ブンリルーが、骨《ほね》の竜《りゅう》のあばら骨《ぼね》にうまいぐあいに座《すわ》って、ヨンダクレがページをめくって）……王国の本は、順番に読まれていました。

さいごにはウキシマ氏のものになるはずですが——そうなったら、自分も読ませてもらえるかしらと、ルウ子はすこしどきどきしながら、このあいだ、ウキシマ氏の営《いとな》む楽器店へ行ってみたのでした。ウキシマ氏はエプロンを身につけ、たくさんの楽器がならぶ小さなお店のスツール椅子《いす》にかけていて、すきまの世界で見るときとはまるで別人のようでした。ルウ子に楽器をさわらせてくれ、サラに舶来物《はくらいもの》のアメの缶《かん》をくれました。

ウキシマ氏に、さいしょに読んでもらうのはどうだろうと、ルウ子は考えました。すきまの世界の住人ではない人物に。フルホン氏のきびしい批評《ひひょう》を聞くのは、そのあとでもかまわないではありませんか。

「サラ、またその本を借りるの？」

サラの手には、先週も借りていた童話の本が抱《だ》きしめられています。日傘《ひがさ》をさしたお姫《ひめ》さまが主人公の、冒険《ぼうけん》の物語でした。

「お姉《ねえ》ちゃんだって、またその本」

たくさんあった本を棚《たな》にもどしおわったあと、ルウ子の手には、一冊《さつ》のしましま模様《もよう》の本がのこっています。

「だって、ホシ丸くんが読みたがるかもしれないし」

「読まないよ。ランランを冒険《ぼうけん》につれだしちゃうだけよ」

大人ぶって、サラが口をとがらせます。たしかにそうかもしれません。けれどもまあ、それでもいいではありませんか。

何人かの子どもたちが先に貸《か》し出しをしてもらっているカウンターへ、ルウ子とサラはむかいました。それぞれの、大好きな本をかかえて。

〈おしまい〉

日向理恵子（ひなた　りえこ）
一九八四年兵庫県生まれ。主な作品に「雨ふる本屋」シリーズ『魔法の庭へ』（いずれも童心社）『日曜日の王国』『星のラジオとネジマキ世界』（共にＰＨＰ研究所）「火狩りの王」シリーズ（ほるぷ出版）『迷子の星たちのメリーゴーラウンド』（小学館）などがある。

吉田尚令（よしだ　ひさのり）
一九七一年大阪府生まれ。主な作品に「雨ふる本屋」シリーズ（童心社）絵本『希望の牧場』『悪い本』（共に岩崎書店）『星につたえて』『ふゆのはなさいた』（共にアリス館）『はるとあき』（小学館）など多数ある。
https://www.hiruneweb.com/

雨ふる本屋と雨かんむりの花

二〇二〇年　七月一日　第一刷発行
二〇二三年　四月三日　第三刷発行

作　日向理恵子
絵　吉田尚令

発行所　株式会社童心社
東京都文京区千石四－六－六
電話　〇三－五九七六－四一八一（代表）
〇三－五九七六－四四〇二（編集）
印刷・製本　図書印刷株式会社

https://www.doshinsha.co.jp/
Published by DOSHINSHA Printed in Japan
ISBN978-4-494-02065-2
NDC913 19.4×13.4cm 358p

あなたの物語が、きっと見つかる。

雨ふる本屋

おつかいの帰り、図書館へ寄ったルウ子は、カタツムリにさそわれて〈雨ふる本屋〉へ。物語への愛と信頼《しんらい》に満《み》ちたファンタジー第１作。

あらゆる本屋や図書館を破壊《はかい》してまわる骨《ほね》の竜《りゅう》“ミスター・ヨンダクレ”の真の目的とは⁉〈雨ふる本屋〉に危機《きき》がせまる、シリーズ第２作目。

恐《おそ》ろしい絶滅《ぜつめつ》かぜにかかったフルホン氏を救うべく旅立つルウ子とサラの前に現れた自在師《じざいし》・ブンリルーの秘密《ひみつ》とは⁉　シリーズ第３作目。

すきまの世界に氾濫《はんらん》しはじめた「王国」の夢見主をさがすルウ子たちの前に、とくべつな〈雨ふる本〉が誕生する、人気シリーズ第４作目。